无疆的文学

世 界 的 音 符

尚
书
房

走向世界的中国作家

偷渡者

阿成　著

CHINESE WRITERS
WITH WORLDWIDE INFLUENCE

文化发展出版社
Cultural Development Press

图书在版编目（CIP）数据

偷渡者/阿成著. —北京 :文化发展出版社，2016.9（2021.2重印）
ISBN 978-7-5142-1411-6

Ⅰ. ①偷… Ⅱ. ①阿… Ⅲ. ①中篇小说－小说集－中国－当代
Ⅳ. ①I247.5

中国版本图书馆CIP数据核字(2016)第164813号

偷渡者

阿成/著

出 版 人：赵鹏飞
总 策 划：尚振山　曹振中
责任编辑：肖贵平　周　蕾
责任校对：郭　平　　**责任印制**：杨　骏
责任设计：侯　铮　　**排版设计**：麒麟传媒

出版发行：文化发展出版社（北京市翠微路2号　邮编：100036）
网　　址：www.wenhuafazhan.com
经　　销：各地新华书店
印　　刷：山东德州新华印务有限责任公司
开　　本：889mm×1194mm　1/32
字　　数：136千字
印　　张：7.5
印　　次：2016年9月第1版　2021年2月第4次印刷
定　　价：58.00元
ISBN：978-7-5142-1411-6

编委会

野　莽：中国作家，编辑家，出版家。作品被翻译成英、法、日、俄等国文字。国外出版有法文版小说集《开电梯的女人》等多部作品。主编有中、英文版“中国文学宝库”（50卷），中文版“中国作家档案书系”（30卷，与雷达），“中国当代长篇小说评点绘画本丛书”（15卷）及“中国当代精品文库”等大型丛书数百种。

安博兰：（Geneviève Imbot-Bichet），法国汉学家，汉法文学翻译家，出版家。法国Éditions Bleu de Chine创始人。早年于台湾学习汉语，曾在法国驻华使馆（北京）任职。现为法国珈利玛出版社（Gallimard）中国蓝丛书负责人，法国“中国之家”文化顾问。曾翻译出版了大量中国作家的作品，其中最具影响力的有荣获法国三大文学奖之一——费米纳（Fémina）外国文学奖的《废都》。

吕　华：中国翻译家。曾任中央编译局中央文献翻译部法文处处长，中国外文局中国文学出版社副总编辑，中译法最终审稿、定稿人。对外翻译过三任国家领导人的文集。文学翻译有法文版长篇小说《带灯》以及大量中国当代作家如汪曾祺、陆文夫、贾平凹、韩少功、陈建功、刘恒、莫言、阎连科、周大新、王安忆、铁凝、方方等的代表作。

贾平凹：中国作家，书法家，画家。中国茅盾文学奖、费米纳文学奖、法国政府奖、美国美孚飞马文学奖获得者。作品被翻译成英、法、德、意、西、捷、俄、日、韩、越等二十多种文字。在国外产生影响的有英文版长篇小说《浮躁》，法文版长篇小说《废都》《土门》《古炉》等。

周大新：中国作家。中国茅盾文学奖获得者。作品被翻译成英、法、德、朝、捷等十多种文字。国外出版有法文版长篇小说《向上的台阶》等多部作品。由其短篇小说《香魂塘畔的香油坊》改编的电影《香魂女》获柏林国际电影节金熊奖。

尚振山：尚书房图书出版品牌创始人。出版有“中国名家随笔丛书”、“中国文学排行榜丛书”、“中国小小说名家档案”（100卷）等。

不仅是为了纪念

——“走向世界的中国作家”文库总序

野　莽

尚书房请我主编这套大型文库，在一切都已商业化的今天，真正的文学不再具有20世纪80年代的神话般的魅力，所有以经济利益为目标的文化团队与个体，已经像日光灯下的脱衣舞者表演到了最后，无须让好看的羽衣霓裳做任何的掩饰，因为再好看的东西也莫过于货币的图案。所谓的文学书籍虽然也仍在零星地出版着，却多半只是在文学的旗帜下，以新奇重大的事件冠以惊心动魄的书名，摆在书店的入口处引诱对文学一知半解的人。尚书房的出现让我惊讶，我怀疑这是一群疯子，要不就是吃错药由聪明人变成了傻瓜，不曾看透今日的文化国情，放着赚钱的生意不做，却来费力不讨好地搭盖这座声称走向世界的文库。

但是尚书房执意要这么做，这叫我也没有办法，在答应这事之前我必须看清他们的全部面目，绝无功利之心的传说我不会相信。最终我算是明白了他们与上述出版人在某些方面确有不同，私欲固然是有的，譬如发誓要成为不入俗流的出版家，把同行们往往排列第二的追求打破秩序放在首位，尝试着出版一套既是典藏也是桥梁的书，为此已准备好了经受些许财经的风险。我告诉他们，风险不止于此，出版者还得准备接受来自作者的误会，这计划在实施的过程中不免会遇到一些未曾预料的问题。由于主办方的不同，相同的一件事如果让政府和作协来做，不知道会容易多少倍。

事实上接受这项工作对我而言，简单得就好比将多年前已备好的课复诵一遍，依照尚书房的原始设计，一是把新时期以来中国作家被翻译到国外的，重要和发生影响的长篇以下的小说，以母语的形式再次集中出版，作为中国当代文学的经典收藏；二是精选这些作家尚未出境的新作，出版之后推荐给国外的翻译家和出版家。入选作家的年龄不限，年代不限，在国内文学圈中的排名不限，作品的风格和流派不限，陆续而分期分批地进入文库，每位作者的每本单集容量为二至三个中篇，或十个左右短篇。就我过去的阅读积累，我可以闭上眼睛念出一大片在国内外已被认知的作品和它们的作者的名字，以及这些作者还未被翻译的21世纪的新作。

有了这个文库，除去为国内的文学读者提供怀旧、收藏和跟踪阅读的机会，也的确还能为世界文学的交流起到一定的媒介作用，尤其国外的翻译出版者，可以省去很多在汪洋大海中盲目打捞的精力和时间。为此我向这个大型文库的编委会提议，在编辑出版家外增加国内的著名作家、著名翻译家，以及国外的汉学家、翻译家和出版家，希望大家共同关心和参与文库的遴选工作，荟萃各方专家的智慧，尽可能少地遗漏一些重要的作家和作品，这方法自然比所谓的慧眼独具要科学和公正得多。

当然遗漏总会有的，但那或许是因为其他障碍所致，譬如出版社的版权专有，作家的版税标准，等等。为了实现文库的预期目的，那些障碍在全书的编辑出版过程中，尚书房会力所能及地逐步解决，在此我对他们的倾情付出表示敬意。

2016 年 5 月 7 日写于竹影居

目 录

兄　弟

1

那条乡间小路都已经被雨水泡暄了，胶轮拖拉机行驶在上面一边滑，一边往外甩黏黏的泥巴。我紧紧地抱着弟弟的骨灰盒，尽量保持平衡，生怕摔着弟弟。当然，我心里清楚弟弟已经死了，骨灰盒里就那么一小袋儿弟弟的骨灰，无所谓颠也无所谓不颠了。但我还是紧紧地抱着他，让弟弟偎在哥哥的怀里吧，随着胶轮拖拉机车一跐一滑地行驶在乡间土路上。

弟弟在生前嘱咐我，他死后把他安葬在一座叫作“鹤山”的山顶上。弟弟是我唯一的亲人，这是他最后的一个心愿，我必须完成他的生前遗愿，我是费了好大劲儿才打听到这座山的，真不知道弟弟什么时候到过这里，而且还要把自己安葬在这个地方。对哥哥来说这是一个谜呀。

这台胶轮拖拉机是我雇的。事情就是这样，只要有钱，一切都好办。

那个拖拉机手接过我预付的那一部分钱时说，大哥，听我说一句掏心窝子的话，咱们只能偷偷地安葬。

我说，还能出什么问题吗？

他说，不能不能。但那地界儿不是坟茔地呀，咱们悄悄地、秘密地把你弟弟埋妥就行啦。

下葬方面的风俗我不大懂，但是，我觉得应当赶在清明节之前把弟弟安葬在鹤山上比较好，这样可让他在那个虚拟的世界踏踏实实地过一个鬼们的节日，也算完成了我这个当哥哥的责任。

拖拉机手面无表情地开着车。我知道他心里怎么想的，他就是想赶快完事儿，赶快回家，希望我能速战速决。是啊，谁愿意下雨天出来干活儿呢？万一再被人家发现了呢？麻烦哪，何况到了鹤山之后还要爬一段山路。这天可是下着雨呢哪。

拖拉机手一边开车一边说，兄弟，这下雨天儿的，拖拉机指定是开不到山头上去了，剩下的路你只能下车自己去爬山啦。

我说，有问题吗？

他说，没有没有，我就是告诉你一下，你心里好有个数。

我知道当然知道下雨天爬山难，但这点困难都不是问题，我必须满足弟弟的这个心愿。

2

弟弟的家在道外区的一个大杂院里——最早那是我们兄弟俩的家。尽管2000年之后这座城市旧房区改造的步伐进行得很快，但是，八九年过去了，死角还是死角，总会有房改政策恩泽不到的地方。

弟弟生前住的是被那些轻佻的地方史家称之为“中华巴洛克式”保护建筑的大杂院里。弟弟的家在那个圈式楼房的折角处，只有一间和一个极小的厨房。我成了家搬出去之后，弟弟这儿就成了我经常“避难”的地方。我们是兄弟，“逃难”我只能到他这儿来。

家里非常干净，弟弟在收拾屋子上是一丝不苟的，似乎是向外人，向我这个哥哥证明什么。那么证明什么呢？

屋子里有一张自制的大木床，吊铺已经不用了，父母不在，哥哥也成家了，那里改成放杂物的地方了，但也被弟弟收拾得干干净净，井井有条。此外，还有一个折叠式的行军床，我来避难的时候就打开这张行军床，睡在上面。大致情况就是这样。

一个人避难的理由很多，相信每个人都会不一样。对我而言，我需要随时随地躲开原来的生活环境，奋斗环境，出去小住几天，一天、两天，最多三四天。不一定是出了什么事情，只是一种精神需要而已，然后再回到自己原来的生活轨迹上去。我就是用这种方式来安排自己生命旅程的。我这个人可能多少有一点特别，但并不严重。

弟弟在五六岁的时候就患有相当严重的自闭症，但在这之前他却是一个很正常的孩子，没有任何问题，一切真的都很正常。他的自闭症是从那个中秋节之夜的第二天开始的，中秋节的第二天弟弟就开始不说话了，也不出去玩了，而且对我表现出很强的依赖性，几乎成了我的影子一样。

我还记得那个中秋节没有月亮，外面下着小雨，傍晚的时候，居民组长还给我们兄弟俩送来了青红丝馅儿的月饼。我们是吃了月饼之后才睡下的。当时一切都是正常的啊。

也许弟弟在中秋节的夜里看到了什么。

那么他看到了什么呢？

3

我的家庭在外人看来一定是不正常的，我本人也持有同样的认识。那一年，我的父亲突然离家出走了，可这之前却没有任何征兆，也没什么特别。或许是我们兄弟俩太小了，未经沧海，不谙世事。我们以为父亲很快就会回来。可是父亲非但没回来，母亲也离家出走了。母亲给我们兄弟俩留下了一点钱，写了一张只有一句话的纸条，“照顾好弟弟”。就悄悄地走了。

事情就是这样。

接下来，我们兄弟俩在一起生活。当然，这种情况发生之后邻居很有一些议论和猜测，最极端的说法是，他们自杀了。可是为什么自杀呢？这似乎有点儿说不通。面对这种既不能证实也不能证伪的说法，我们兄弟俩选择了沉默。我们开始觉得和邻居之间有距离，有隔阂。

当然，这之后还有一系列的例行的询问和调查。只是我们毕竟是两个小孩儿，讲不出什么有价值的线索来，这让调查人员非常失望，并用怀疑的眼光打量我们，好像我们是父母的同谋似的。在我们兄弟俩的内心，并不认为父母会弃我们而去，更不会去自杀。这可能就是出自所谓的第六感罢。

父母离家出走以后，我们兄弟俩常去街头的那个公共读报的橱窗，在报纸若干个寻尸启事中，始终没有发现我们的父母。我们想，他们大约一定还活着罢。

我比弟弟大四岁，兄弟俩的生活可以自理，一切都不是问题。出了这件事我们还应当感谢父母，因为现实的情况是，他们活不见人，死不见尸。所以民政部门没有理由把我们兄弟俩送到孤儿院去。我们兄弟俩可以继续在这个屋子里生活，并耐心地等待着父母的归来。同时，我们还得了政府的生活津贴，按月领取，凭此证明我们还可以免交学校的各种费用。每次我们去街道办事处领取生活费，那个眼斜的娘儿们一准会狡猾地问，你们爸妈还没回来吗？我说，没有，不信你可以上我家去看看。居民组长也可以证明。

4

我们兄弟俩的生活还可以。我们当然是按照自己的想法来设计生活，毫无疑问，这期间一定会出许多差错，犯许多常识性的错误，但最重要的是，几次失败之后，我们就比较快地掌握了某些生活技能。总之，少年儿童的可塑性很强，流浪街头、风餐露宿的孩子都能独立地生活，我们就更应当能。为此，我还拟定了一个作息表及兄弟俩的责任分工和记账制度。但顶重要的是，兄弟俩尽量不要学坏——是啊，完全不学坏也不可能，但是，这必须控制在一定的范围之内。我隐隐约约地感到周围的人，包括几个中年邻居，包括家庭生活富裕的同学，他们一直在怀疑我们什么。

那么怀疑什么呢？

5

只有我们兄弟俩学会控制自己的情绪，让时间和事实证明我们兄弟俩的清白，这样才能确保我们兄弟俩在这间屋子正常地、平静地生活下去。事实上我们兄弟俩做到了，效果挺好。

但是，这不意味着我们喜欢廉价的表扬与道歉，相反，我们鄙视这种廉价的表扬与道歉。就这样，我们兄弟俩一块生活，一块读书，并且一块长大成人。接下来我开始干临时工，干过的活儿很杂，只要挣钱就好。这期间我们兄弟俩户口的户主被换掉了，我成了家长——这的确是事实，但我还是觉得有点荒谬，心里有一道阴影。我再一次到街口的那个报刊亭看了看寻尸启事。然后，在一家小饭店喝了半瓶白酒。那是我成了户主之后第一次喝酒。

由于长期过着没有女人的生活，让我对有女人的生活产生了某种渴望，经常在脑海里有一种无法遏制的憧憬。那些干临时工的男女之间的爱情虽然比较粗俗，但速度却是比较快的，男女之间的此类交流也比较坦率。我很快跟一个大脸盘子的女临时工谈上了朋友。女方家认为我的条件比较好，因为我没有父母啊。我算是倒插门。其实他们并不知道我已经过惯了没有父母的生活了。他们在这方面表现得很幼稚。

这方面的情况就不多说了。

我结了婚之后，弟弟还留在那间小屋子里，他该是这个家的户主了。

上个世纪七八十年代找工作还是很容易的。我便帮助患有自闭症的弟弟找到了一份工作。是啊，那真是一个令人怀念的年代，这件事在半个小时之内就搞定了，就是说，弟弟在还没有完全准备好的情况下成了一个统计员。好在统计员这类工作，一般都不是那种夸夸其谈，口若悬河的人。我认为这个工作比较适合弟弟。相信他也一定能做好。

我也曾经多次问过弟弟，在那个中秋节的雨夜里你都看到了什么？弟弟的脸色会立刻大变，含着眼泪，什么也不说。每次都是如此。我对别人解释说，我弟弟就是这样一种性格的人。他并不妨碍你们什么。

6

结婚以后，我每次逃难回家，总是让老弟感到非常欣慰和愉快，因为这样我可以陪他整宿的聊天儿了。尽管事实上只是我一个人在说，比如，回忆我们小时候没鱼吃，馋了，兄弟俩便一块儿去江岔子钓鱼的情景，比如我和大脸盘子的媳妇一开始倒腾服装的趣事。弟弟从来都是认真地听，或者点头，或者摇头，或者做出会心的微笑。弟弟也说话，只是很简短而已，比如吃饭的时候他会说，多吃点儿，哥。比如，哥，你倒腾服装挣钱了，我想要一个高灵敏度的半导体收音机。等等。

兄弟俩就是这样子进行交流。

我也曾经让弟弟去看看医生，听听医生说他这种失眠的情况吃点什么药好。但被弟弟立刻拒绝了，并表现出对我的提议很反感的样子。我知道弟弟并不是讳疾忌医，而是他固执地认为自己没有病。因此我只好放弃。另外，我更应当相信弟弟，至少在感情上应当和他保持同一观点。弟弟需要我这样做，哥哥我就应当这样做。在父母没有浮出水面之前，我是弟弟的唯一亲人。

弟弟由于长期失眠，脸色很不好，呈青色，让人误以为他很疲劳。人也很瘦，但干干净净，很利落的样子。我感觉弟弟的精神状态还好，所以我比较放心。而且弟弟思维敏捷，他能迅速地对我讲述的任何事情做出正确的，甚至是高我一筹的表情反应：反对、赞成，陷入深思，愉快，等等。我明显感到弟弟越来越是一个成熟男人了。而且，他显然是有原则的，即坚定地站在哥哥的立场上。或许这就是我们所说的亲兄弟罢。

我们兄弟俩曾在一起探讨过，如果人一辈子也不睡觉，是不是还能够保持旺盛的精力呢？我认为弟弟就是这样的一个例证——这是我的观点。弟弟却未置可否——或者——他晚上不睡觉还有别的什么原因吧。

那会是什么原因呢？

7

弟弟是一名公务员，这是现在的称呼，过去统称国家干部。换言之，就是弟弟拥有一份稳定的工作。我认为，这对我，对他，都非常重要。

白天，弟弟准时上班，到单位去做他的统计工作，工作作风接近于一丝不苟，也接近刻板。下班了，晚上只弟弟一个人无所事事，就听收音机。弟弟唯一的爱好就是听收音机，而且特别喜欢听短波，即所说的“偷听敌台”。弟弟偷听敌台并不喜欢听里面的那些胡说八道的反华宣传，他喜欢听音乐。可以说，弟弟是这座城市的普通市民当中最早接受西方文艺的人。我很快了解到，弟弟最喜欢听的是那支芬兰歌曲：“回到过去的时光/我的思绪万千/在过去的日子里/这个不可思议的故事延续着/永远扎根在我的生命中/我的思绪千回万转……”从弟弟沉醉的表情上看，我觉得他对芬兰有向往之情。这也好，人活着得有这种虚拟的生活，一个人拥有虚拟的生活好哇。

弟弟的英语是自学的。我认为这很好，晚上睡不了觉干什么呢？漫漫长夜，孤独一人。有时候我会有点儿担心，风高月黑，甚至还会有一种莫名的恐惧感。既然弟弟有这方面的兴趣，我应当支持他。还去书店买了一本《简易英汉辞典》给他。但时间不长，这本简易英汉辞典就不够他用了，他自己又去书店买了一本《英汉大辞典》。我为弟弟感到自豪。

我想弟弟之所以对英语有兴趣，应该和他偷听敌台有一点关系的罢。

8

我成家之后，曾经多次请弟弟到我的家去看一看，坐一坐，哥哥，嫂子和她的父母在一起吃一顿饭，常来常往，常走动。但是弟弟却笑眯眯地坚持不去我的新居，态度非常的坚决。这是我始料不及的。我有一点不高兴地想，我总不能带着弟弟你一起出嫁吧？

我跟那些和我一起结伙倒腾服装的烂仔们说了这件事，他们严肃地说，你弟弟挺有性格呀。我听了之后才多少有点愧疚，我认为在关键时刻想自己想多了，想弟弟想少了。可当时我除了结婚并没有其他万全之策。不过有一点没问题，弟弟已经是一个自立的男子汉了。

逃难回家的时候，我们兄弟俩各自半卧在自己的床上，我吸着烟，弟弟不吸烟，在一起聊男人的理想。我说我呀，并不满足于和老婆一起倒腾服装，这只是小打小闹，我想成为一个真正的有钱人，改变自己的生活。但是弟弟你一定不要掺和进来，踏踏实实地干你的统计员，这是铁饭碗儿。哥哥要干的大多是有风险的事。所以咱们哥儿俩不要都扎进去。弟弟听了一点表情也没有。我说，你想当官吗？如果想当，等哥有钱了咱买一个科长当。弟弟缓缓地摇头了。显然他不想。

那么，弟弟的理想是什么呢？

9

我是从倒腾286电脑开始正式起步的——这看起来很遥远了。286电脑是中国民众正式走进计算机时代的开始，我紧紧地跟随着它一路同行，一起发展，一块儿进步，逐渐地成为了一个还算有一点钱的人。我承认，它使得我个人生活的许多方面都发生了改变。

弟弟依旧在原来的单位当他的统计员。坦率地说，在那个单位里弟弟的确什么也不是，仅仅是一个普通的工作人员。若说比别人特殊之处，即他是一个沉默的人，一个跟任何人也不交往的人，任何事情也不争的人。好像那个单位有他不多，没他不少。

弟弟的工作很单调，只是把基层单位报上来的有关数字统计好，汇总之后，报上去就完了。这种工作在我看来非常枯燥，而且随着计算机的发展，这项工作会很快就会被取代。这时，我才建议弟弟和我一起干，我想带带他，弟弟的英语很好，干计算机生意，英语是绝对用得着的。不久的将来他就可以独立干了。我认为，钱不是最主要的，生活的多样性和丰富性才是最重要的。但弟弟拒绝了。

弟弟为什么拒绝呢？是胆怯还是苟于现状？或者是我的提

议完全不合乎他的内心期待？

10

这一二十年来，我已经记不清自己有多少次逃难的日子了，但每次逃难，毫无疑问，固定要到弟弟那里去。弟弟好像已经习惯了。有时候隔的时间长了，他会打电话来问我，哥，你什么时候离家出走啊？这绝对不是幽默，弟弟不是一个幽默的人。我说，快了，别着急。然后他才撂了电话。

我一直想着帮弟弟一把，改变一下他的生活。男大当婚啊，父母离家出走之后，我们兄弟俩都应当开创正常的家庭生活，各自组建一个朝气蓬勃的家庭了。所以，我坚持认为弟弟应当成家。我本人也拜托朋友给弟弟介绍了很多女朋友，究竟介绍了多少我已经数不清了。结果都是女方看不上他，认为他精神方面似乎存在某种问题，和他在一起有一种压抑感。

这种情况让我感到恐惧，决不能再这样盲目地介绍下去了，这会让弟弟脆弱的心滴血不止呀。阿弥陀佛，那么就让这一切随缘吧。

尽管我始终坚信弟弟没有任何精神问题，可是，在我的内心中始终有一个谜团没有解开。我多少次都这样想，问题很可能就出在那个下雨的仲秋之夜。我总觉得弟弟一定是在那个雨夜看到了什么。可是我却无法知晓弟弟在那天晚上究竟看到了什么。

弟弟对此始终守口如瓶。

11

我虽然没有帮上弟弟，但弟弟却帮了我。在286时代，一次，做计算机生意出现了问题，对方催款催得死紧，疯了一样，把我逼到了死胡同。当然，在286时代，三角债的现象是很普遍的，很多生意人都受此困扰，我也未能幸免。那是我第一次真正的逃难，悄悄地躲进了弟弟的家里。

弟弟听了我的陈述之后说，哥，把咱家的房子先抵押给他们不就行了吗？我当时愣住了，我之所以震惊有两个方面，一是我没往这方面想过，而且在我看来弟弟至死都不会离开这间老屋的。我感慨地说，打仗亲兄弟，上阵父子兵呵。为了应急，也只能按照弟弟的说法做了。

三个月之后，我把欠款还上了，并把弟弟的房子赎了回来。弟弟很开心，笑眯眯地端详着我，好像这是一件甜蜜的事。在今天看这种做法，似乎很普通，但在286时代已经是很出格了，不可谓不冒险。简言之，是弟弟帮助我渡过了这个难关。不仅如此，还因此增长了我的才干，增加了社会知识，让我真正地走进了做大生意的殿堂，成为一个真正意义上的商人。

但这一切，在弟弟那里似乎很平常，颇像清晨打开窗户，让新鲜的空气吹进来，在他似乎是一个很轻松的动作。

12

当然，我的确有不理解弟弟的地方，我在内心深处觉得弟弟没有理想。我始终认为，没有理想的生活是颓废的生活。可我不能这样对弟弟说，他已经是成年人了。或许我还没有真正地走进弟弟的内心世界里去。我不能过早地下结论。

兄弟俩儿在一起聊天的时候，我认为弟弟是世界上最好的听众，他总是聚精会神地听我讲，偶尔调换一下自己的坐姿，或者站起来去烧水、泡茶。到了更深人静的时候，他还会为我们做一点消夜——常年失眠的弟弟，这种事已经是他的一个习惯了，他说，他单独一个人时也是这样，多少吃一点东西。

所需的消夜自然很简单，面条卧鸡蛋，仅此而已，而且几十年不变。我都吃出感情来了，时间一长不吃还会想。这样一来，我每次逃难到弟弟这儿来之前，照例会在附近的那家食杂店买几扎挂面和一篮子鸡蛋过来——那个食杂店的老板已经认识我了。

在断断续续的无数个逃难的日子里，我们兄弟俩习惯了吃面条卧鸡蛋的方式。我们兄弟俩喝酒都不行，但一定得少喝一点点。毕竟是兄弟相逢嘛，我们都是大人了。

弟弟在生活上是一个有规律的人，而且有一点轻度的洁癖。这种现象会在一些细节上让你注意到。弟弟家里的桌子和一些小摆设都很干净，而且摆放得有条不紊。似乎是在默默地表达他的某种信念，即这种状况是他灵魂的化身，是他向外界传达的一种方式。

那么，弟弟想传达给我们什么呢？

13

自从那个雨中的中秋节之后，弟弟的话就一直很少。在我的记忆当中，多年来，弟弟跟我说的话大约不超过一百句，而且大都是重复的，如：是，好，走吧，来了，多吃点。好像就这些。似乎弟弟是一个惜话如金的人。不过还好，我可以从弟弟的眼神里读懂他欲讲未讲的内容。而且我讲的一切他都能理解。

弟弟是一个会说话的哑巴。

我之所以逃难喜欢到弟弟家里的另一个原因，就是弟弟绝对站在哥哥的立场上。这对我来说很重要，我需要这种没有原则感情的全力支持。在交流中，弟弟用他的眼神明确地向我表明，他和我是一伙的，无论发生任何情况都不会有丝毫的动摇。设若我犯了杀人罪，我想弟弟也会站在我的立场上。所谓兄弟间生死相依大概就是这个意思吧。

但弟弟绝不是一个愚昧的人，只是他如此的立场让人担忧，因为他赞同你所有的话，所有的观点，哪怕是极其荒谬的观点，并且这种赞同是发自内心的，真诚的。这让我感到了一种无形的压力和担忧，我担心这会使弟弟在社会生活中，在工作中变得心胸狭窄，固执己见，并因此陷入孤立。我甚至无法想象弟弟在工作单位处在怎样的一种群众关系当中。我分明地感到弟弟在单位没有朋友。

这是最让哥哥惆怅的。

14

我想，弟弟之所以没有朋友，主要是因为他不说话。是啊，谁愿意和一个不说话的人交朋友呢？你总不说话，总沉默着，对方就会很灰心。

弟弟一个人在家里也是如此。人家来收水费、电费等一系列费用时，他也不说话，只是询问地看着对方，对方立刻说，哦，您是问煤气费多少钱，电费多少钱吧？弟弟点点头，对方说出需付费的数目后，弟弟便把钱数给对方。对方就悻悻地走了，非常的不习惯，觉得真他妈的，遇到个活哑巴。然而久了，了解啦，就是这么一个人，没有拒人千里之外的意思，也就不以为然了，不管弟弟说不说话，对方也硬性地和他聊上几句，天气呀，风沙呀，下雨呀，气温呀，以及一些鬼里鬼气的传闻，什么动迁哪，哪个地方发生爆炸和杀人案了，等等。弟弟就那么直勾勾地看着人家，待对方把话说完了，自我解嘲地笑嘻嘻地走了。弟弟才慢慢地关上房门。似乎在他的精神世界里只有我这个当哥哥的一个人。

弟弟从来都是按时上班，按时下班。有一次，我偶然去他的单位。发现弟弟的办公桌在一个阴暗的角落里，椅子上搭着他的那副套袖。像一幅静物画似的。到今天我也没搞明白，套袖对弟弟怎么会那么重要，不套这东西就不能工作了吗？尔后，弟弟来了，他没有看到我，坐在那里套上套袖开始工作，看那些报表，统计那些报表。我站在那儿默默地看着弟弟，心里只有两个字：绝望。

从此之后，我再也不愿意去弟弟的单位了。记得一次逃难的时候，我和弟弟讲了我的这个想法，他居然快速地笑了一下，甚至有一丝得意。我不知道他为什么笑，但可以肯定是，我的话触动了他。意思是，看见了吧，这就是你的弟弟。

15

然而，这并不意味着弟弟对自己的工作很满意。兄弟俩聊天的时候我曾经问过他，你的观念是不是这样？大家都需要活着，因此每一个人需要有一份工作，挣一份工资。是不是这样？弟弟用表情肯定地告诉我，是这样的。我沉思了一下，这样当然好，一切按部就班，国家也需要一大批按部就班的干事，上帝也创造了一批又一批按部就班的人。接着，我对弟弟说，但是，你难道没想过要改变一下自己的工作和生活吗？

弟弟已经三十五六岁了，作为哥哥的我认为，这个年龄段的男人应当想到改变了。记得那天弟弟买了新茶，他沏好之后呷了一口，觉得新茶很好。我期望地等待着他回答。让我吃惊的是，弟弟居然流下了眼泪。我立刻说，妈的，算我什么也没说好不好？我不过是随便这么一问。可我心里在想，这是不是触到弟弟的哪根神经了？于是我说，你愿意怎么生活就怎么生活，一切都听你的，只要你觉得舒服就好。然后，我颇为感慨地说，是啊，为什么要改变呢？咱们哥儿俩有一个改变就行啦。

我虽然嘴上这么说，但是弟弟的这副表情却给我留下了深刻的印象。就是今天，我抱着弟弟的骨灰盒走在泥泞的雨路上，当年弟弟的那种表情在我的记忆里依旧十分清晰，仿佛刚刚发生的事情一样。

16

诚实地说，在中国的 286 时代我还是一个小企业家的话，那么到了 2010 年，短短十年的时间里，我已经可以算是一个在地方较为知名的企业家了，我已经拥有了比较丰盈的资产。换句大白话说，我有能力，有资本做一些事情，包括该做的和不该做的，简言之，已经能够把自己的想法变成现实。

弟弟仍然住在那个被保护的、所谓的“中华巴洛克建筑”的大杂院里，依旧住在那个小屋子里，他坚持不离开。但是这于我的脸面不好看哪，可是面对弟弟的固执我无计可施。佛说，与人方便自己方便。只是在弟弟这件事上我还没感受到佛说的这种“自己方便”。尽管我算是一个成功者了，但是，照例需要有逃难的日子——弟弟的家俨然是我心中的圣地，我的图腾，我的一个人的“庙宇”一样，是我的精神家园。但同时我们必须看到，城市发展在整体的高效地推进着，老百姓的住房状况已经发生了巨大的改变。在 20 年前，弟弟的那间屋子还算可以。在当年一个人拥有一个 30 多平方米的住屋已经很好了。即便是在我们兄弟俩的少年儿童时代，有这样一个栖身之地也是相当可以的。但是，时代已经变了，弟弟之简陋的住房一直让我鱼鲠在喉啊。

在我儿时的最初记忆当中，弟弟是喜欢说话的，即便是父母双双离开了我们兄弟俩，我们之间说话和交流都很正常。而且在那之前，我愉快地认为弟弟是一个有能力的人，他很快就学会了下面条卧鸡蛋。或许，在那个年代下面条卧鸡蛋这种事对一个小孩子来说算不了什么，但我们兄弟俩的那个小屋子里是有笑声的。没有父母的孩子自然会有邻居们的帮助，但是，我明显地感觉到弟弟拒绝他们的帮助。也许正是这富有个性的一点，让我养成了在复杂的、充满着疑点的生活环境当中是那样的信赖弟弟，只跟弟弟讲心里话，机密的话，甚至阴谋的话和没骨气的话 。

记得是2006年秋天，那年的秋天来得比较早啊，城市里的树们开始提前落叶子了，而且落了很多，人行道上到处都是，让人心里没着没落的。我是在这样的环境中接到了弟弟打来的电话，他说，哥，你什么时候离家出走？我立刻说，今天晚上！

17

处理完手头的那一摊子烂事儿之后，去弟弟家之前，我照例在街角处的那个食杂店买了一篮子鸡蛋和挂面。那个食杂店的老板还对我说，让我算算，让我算算，你好像有挺长时间没来啦。我一想，可不是，不算不知道，一算吓一跳啊。我的确有挺长时间没来了。

出了食杂店我让司机回去了，别弄得跟领导视察似的，决定自己步行去弟弟家。

我们兄弟俩吃过饭，开始喝茶。这几乎成了我们兄弟多年的固定程序了。喝茶的时候我注意到近期的弟弟有了些变化，似乎是心事重重的样子。我笑眯眯地看他，等待着他跟我说些什么。但是，他始终没有说。但我可以肯定弟弟是有话要说的。那会是什么呢？

我说，老弟儿，这一晃，你都快四十岁了，这日子可真不抗混哪。

这时候，我看到了弟弟眼睛里竟慢慢地溢出了泪水。

我马上说，不要流泪。

我说，我的意思是说，这些年哪，如果没有你对哥哥的支持，哥哥能干成什么事呢？恐怕还在工厂里当钳工呢。哥心里有什么不开心的事都想跟你说说，说出来心里就松快了，咱爸咱妈又不在，家里总得有个说心里话儿的人吧？要不然，哥哥也干不到今天的这个样子。

弟弟的眼泪已经垂成了线了。我顺手把毛巾拽下来递给他，说，可你究竟有什么不开心的事儿，我这个当哥哥的却一丁点儿也不知道。是不是哥哥有什么地方做错了，伤着弟弟了？你可能认为自己不说话是优点，谁知道呢。老弟儿呀，我们都是大老爷儿们了，一个大老爷们儿总该有自己的理想吧？难道你就打算这样悄悄地生、悄悄地死吗？你总得干点什么吧？现在时代不一样了，年龄也不一样了，你得有点改变哪，你得融入到新的生活里去。你不说话，哥哥也没法帮助你呀，我总得为你做点什么吧？哥哥总不能跪在你的面前，乞求你让哥哥帮帮你吧……

老弟听了竟破涕而笑，但又快速地收住了。

我说，你笑什么？事情真的就是这样。所有拜佛的人都不会问，菩萨，你需要什么？我给你办。全都是，菩萨呀我需要什么什么。弟弟，你不能不给哥哥个机会呀！

弟弟用毛巾擦干净泪水之后，仰着头寻思起来。

18

我又进一步地说，哥哥现在还是有能力帮你走进新生活的。比如，我是说比如。比如说你希望有一个体面一点儿的工作，或者当个官，我认为这都好办，使点钱就解决了。不要不好意思，这些年哥哥在外面闯荡见的人和事多了，其中就有那种一边深恶痛绝地批判，一边偷偷送礼要当官儿的人哪，而且他们并不是什么坏人，也不是没有正义感，没有责任心的人。所以没什么。或者，你想出去旅游，去看一看外面的世界。这是最好了，出去走一走看一看，不仅仅是玩儿，重要的是它会让你热爱生活，让你有一个宽阔的心胸，让你活得更加开朗，什么事能想得开，你别不相信，喜欢旅游的人有一个共同的特点，那就是，凡事都能拿得起，也能放得下。心毛的人旅不了游。比如咱爸咱妈的离家出走，开始，这件事像一块巨大的石头一样重重地压在我的心口窝上，可是，在社会上闯了这么多年之后，我突然明白了，这是何苦呢？有一次出门旅游坐火车，我坐在卧铺车厢的边座上，就是那种可以折起来的小座，看外面的风景。对面的一个老汉说，你有心事。我承认了，的确是有些事放不下。心想反正我和这位老汉素不相识，下了车各走各的了，不像在熟人面前，嘻嘻哈哈的，我得装得跟个没事人儿似的。于是，我就跟那个老汉说，有些事儿在心里始终放不下呀。老汉说，我给你讲一个小故事。我笑了，说呗。老汉说，有一个人背了一袋子东西，路上遇到一个佛，他说，我累呀我累。佛说，把你肩上的袋子放下来不就行了吗。于是这个人放下了肩上的袋子，觉得一下子轻松多了，于是愉快地走了。

弟弟认真地听着。

我进一步地说，或者干脆说，老弟儿你想找一个女人。这有什么？我们毕竟是男子汉嘛，咱兄弟俩又不是和尚，出家人。或者呢，你希望换一套好的住宅，这可是哥哥求之不得的事呀。你住这种地方，哥哥住那么好的豪宅。哥哥脸上无光啊。老弟儿，你总不能一辈子啥要求也没有吧？这延续了二十多年的鸡蛋、挂面和茶，该结束了吧？老弟儿，你知道人类进步靠什么吗？就是靠不断地改变哪。

老弟突然开口说话了。

19

弟弟说，哥，我想打篮球。

什么？我不觉大吃一惊，问，什么什么？我没听错吧，你想打篮球？老弟儿，你会打篮球吗？

弟弟说，我在小学就喜欢篮球，想进校队。但我不行，人家不要我。

我说，让哥想想，让哥想想，哥太激动了，你总算有要求了。可这怎么办呢？

弟弟说，哥，要不就算了。

我说，不能算了，绝对不能算了。哥知道，很多男人都喜欢篮球，很疯狂，狂呼乱叫什么的。要不咱组织个篮球队？好吧，老弟儿，这件事儿由哥哥来解决。

我又笑眯眯地问，弟弟，你为啥会有这样的想法呢？

弟弟说，哥，我已经提前退养了。

我说，退……噢，是这样，还是年轻了点儿是吧。不过退养就退养。没什么。

弟弟说，哥，是我主动要求的。

我说，好，有气魄。这才是我弟弟呢。

20

为了满足弟弟这个愿望，我租下一个室内篮球场馆，每天有四个小时归弟弟使用。为了能够让老弟能适应篮球——毕竟扔的时间比较长了，喜欢是喜欢，实际能力是实际能力，二者是有区别的，而且区别还比较大。这样，我又专门为弟弟请了一个专业篮球教练，请这个专业篮球教练指导弟弟怎样打篮球，先把一些基础的东西教教他，先练一练，适应一下。我嘱咐篮球教练一定要考虑到弟弟的体力和适应能力，咱可不是培养特战队员哪，更不是培训篮球队员，只不过是满足一下我弟弟的愿望。我说，要以鼓励、表扬、赞叹为主。篮球教练说，明白了。我挺感动的，真事儿。

经过几天的运动，那个篮球教练告诉我，可以搞一场比赛了。我说，行吗？教练说，我认为可以。我说，那好，一切我来安排。篮球教练说，不过，你弟弟最多能打十分钟。我说，好，就打十分钟，上半场五分钟，下半场五分钟。中间休息的时间可以稍微长一点儿，再请一些会跳舞的女孩子在中间休息的时候表演表演。咱们付费嘛。篮球教练说，好的，我安排。我强调说，在比赛的过程中，你再叫几次暂停，得像 NBA 比赛那样，至少得像 CBA 那样，一切必须是正规的、严肃的。篮球教练说，就是说，一切都按照正规比赛的程序走，我明白了。

21

为了办好这场赛事，我亲自主持开了一个会，指定集团公司的几个办事能力强的人专门负责落实这件事。他们听了之后都感到很奇怪，个个的眼睛里充满了疑惑。我严肃地告诉他们说，做好你们的事，不要问为什么。一个干事说，我懂了，董事长，这是用特殊的体育赛事来树立我们集团公司的形象。我没吱声。

很快，双方的运动员也雇齐了。事先我要求这些人必须和弟弟的年岁相仿，年龄太大或者太小都不行。我不希望弟弟因年龄上的差别有无趣和羞愧之感。

那个篮球教练很负责，交代这些球员要积极严肃地对待这场球赛，尽可能地把球传给我弟弟，他投的球进与不进，决不能嘲笑他，更不能责备他。

我私下对那个篮球裁判讲，你可以吹别人犯规，但尽量地不吹我老弟犯规，一切都要顺着他，他高兴就好。

篮球裁判说，这我知道。你放心，我现在已经完全理会你的意图了。我媳妇知道了这事也挺感动的。

那几位集团公司的人干得不错，不仅雇来了几家学校的学生，发给他们统一的服装，还有矿泉水、标语牌，让他们当拉拉队，而且还聘请了专业摄影师做现场拍摄。集团公司的全体员工停工一天，全部到体育馆观看比赛。

有人小声地问，是不是要拍电视剧呀？

22

毫无疑问，这是一个人的篮球赛。

比赛安排在市内新建成的那家体育场的篮球馆里。作为体育场创收他们当然高兴，说一定保障服务，保障场地。但是，对于这样的一场听上去很特别的篮球赛，他们还是有种种的猜测。当然，他们是无法猜得准的。又有谁能知道弟弟和我共同走过的这几十年的路呢？

比赛开始之前我很担心，不过一切还好，预先组织的观众都陆续落座了。

比赛开始了，弟弟显得非常兴奋，穿一套专业运动服上场了，夹着篮球——篮球本该由裁判员夹着。但他想夹，那就他夹吧。

比赛的时候，弟弟很积极，全场跑动，其他队员配合得也很好。赛场大屏幕上净是弟弟的特写镜头。只要弟弟一拿到球，全场欢声雷动。当发现弟弟有点气喘吁吁的时候，教练叫停，拿着纸夹子非常认真地排兵布阵，弟弟频频地点头。这时，舞蹈队上场表演，我认为跳得相当不错，而且全场的气氛也非常热烈。

比赛再次开始，弟弟竟投进去了一个球。全场立刻爆发出海啸一般的掌声，我也使劲地鼓掌，不顾身份地高喊，弟弟，好样的……

我夫人也去了，她始终表情凝重地看着。

我说，怎么，不开心？心疼钱？

夫人说，不是钱的问题，咱不差钱。我总觉得弟弟什么地方有点儿不对劲……

夫人的话音未落，意外发生了。当裁判员吹响终场哨声时，老弟竟然昏倒在场上，全场观众全惊得都站了起来，赛场上死一般的沉寂。

幸好集团公司的人事先安排了救护车停在体育馆的外面，为的就是以防万一。弟弟被迅速地抬上了救护车。

23

这是弟弟有生以来第一次住进医院。过去，当我们兄弟俩有病的时候，都是挺着，挺不了啦，才去药店买最便宜的药回来吃。不上医院是因为没钱。而且我和弟弟还都是小孩儿。小孩儿有病的时候想上医院的概率很小。

当然给弟弟安排了最好的医院、最好的病房。集团公司的人办事得力，还为弟弟请来了全省最好的医生，并请了两个优秀专业陪护，24 小时不间断地看守。另外，集团公司的人还安排各部门的人天天来医院看望他，给弟弟送鲜花、水果以及各种营养品。也许那个篮球教练说得对，弟弟身体还是比较虚弱，毕竟是四十多岁的人了，再加上平常不大运动，一下子还不适合这种火热的打球场面。看来，身体虚弱是导致昏倒的主要原因。

晚上，我去看他。弟弟正经盘腿呆呆地坐在病床上。我进门就问，感觉怎么样，篮球大明星。

弟弟说，孤独。

我说，孤独？我给你安排那么多人来看你、照顾你，你还孤独呀？不会吧？

弟弟说，孤独。

我说，要不，把你送回家去？弟弟，你就是身体太虚弱了，你得补充点营养了，老弟儿，人到中年啦，这部机器不像青年时代那么好使唤了。你没看吗，运动员的运动生涯都是短暂的。回家吧。

弟弟嗫嚅地说，回家也孤独。

我说，那怎么办哪？嘻，哥哥陪你一块儿住院？

弟弟抬起头来说，哥，我想回自己的家，有自己的女人，自己的孩子……

我问，现在么？

弟弟说，是。

我想了想，严肃地说，我很高兴，弟弟，我真的很高兴，你终于想有一个自己家了，你这样想就对了。好吧，一切让我来想想办法。

24

坦率地说，给弟弟找一个女人，容易，找一个合适的女人，难。弟弟要求的所谓自己的孩子，是“自己的女人”之后的事，可以放在第二位。首要的问题是，得有一个合适的女人愿意接纳他。相关的费用不是问题。但是，哪个女人能把弟弟当成丈夫一样接到自己的家里去，并且好好地对待他呢？这肯定是个难题，而且也给我这个哥哥出了一个道德上的难题。我这个当哥哥的总不能给弟弟找一个风骚女人吧？这似乎不单纯是性的问题，弟弟要的是自己的家，自己的女人，自己的孩子……

自己的。这很难。

后来，还是我的一位凡事都看得很开的生意伙伴帮我出了一个好主意。

他说，这事儿不难。这样子，咱们可以假戏真做，给你弟弟找个合适的寡妇，当然，你弟弟是正经人，咱也得给他物色一个正派的良家妇女，让他们先试着过一段儿，如果行，那就结婚，如果不行，尿不到一壶去，那咱们就付钱，等于雇她当保姆照顾你弟弟了。保姆就可以随时辞退啦，再换合适的嘛。这样子吧，兄弟，我手下有几个不着调的人，我命令他们帮你物色物色。这帮坏小子连孙悟空都能给你找到跟前来，非常有想象力。兄弟，干事业需要有这样的人哪。

我说，那孩子呢？上哪儿找有合适的孩子的寡妇呢？

朋友说，你弄得太细，给他们一个原则让他们找就是了。你操那么多心干什么。

我说，对寡妇的孩子也要进行严格的筛选，不能找那种调皮捣蛋的。另外，寡妇的年龄最好在四十岁左右。太大或者太小都不合适。我认为。

朋友说，兄弟，你活得太辛苦啦，看来还不是当大官儿的料哇。

25

人马撒下去了。

经过亢奋地寻找，这些问题最终都得到了比较好的解决。他们找来的是一个县城的女人。我端详着，感觉她要比自己的实际年龄大一点点，但眉眼很顺，是一个朴实、厚道、正派的女人。另外，从她的穿戴打扮上看，她是个人生活上有一定困难的女人。

估计她的想法很简单，如果这个男人没什么太大的问题，就跟我弟弟登记结婚了。只是她有点担心这个男人是不是一个疯子，她心里有点儿画魂儿。

我们坐了下来单独聊了聊。

我告诉她，绝对不是什么疯子，只是不想再过单身的日子了，就想体验一下家庭生活。

我说，弟弟从小就没有父母亲的照顾，家，是他的理想，你尽可能地满足他就是了。

女人低着头蚊声蚊气地说，主要是没啥危险性就好。

我不知道是我的诚意，还是5万块钱的报酬打动了这个生活上有难度的女人。

她同意试试，同意像夫妻一样和弟弟在一起生活一段儿。

谈完这件事我有点想落泪的感觉。我觉得弟弟怪可怜的，四十多岁了还没有家，没有女人，没有孩子。他是有权力享受家庭的温暖，享受天伦之乐的。这也不枉他到人世上走一遭。遗憾的是，在这之前，竟没有女人愿意嫁给他，和他共同生活。

我想，这个女人能遂了弟弟的心愿么？

26

弟弟的新家安排在我的别墅里。说实话，那个扯淡的别墅我一年也住不上一次，一直花钱养在那里，这次派上了用场。

我知道弟弟所说的“自己的家”，并不是指原来父母的家，即那个“中华巴洛克式”的家，弟弟在那里已经守望多年了，他像一直盼望主人归来的仆人一样忠诚地等待着父母的回来。是啊，作为儿子他尽职了，只是年头太长了，让儿子绝望了。倘若我们的父母还活着该有七八十岁了吧？按照落叶归根的说法，他们也该回来了，为这，弟弟家的门锁始终就没有换过，我能想象出弟弟夜半幻听开锁声时的机灵与专注。斗转星移，白驹过隙，弟弟这个“门倌儿”该歇歇啦，可以离开啦，他应当开始自己的新生活了。

终究算是弟弟的蜜月罢。为这，我专门配备了两辆车为他们服务，一个司机专门负责接送孩子上下学，一个司机负责后勤供应。

我对他们说，应当把这项任务看作是我集团公司最大的一份订单。

令我没想到的是，那个寡妇真的是一个了不起的天才“演员”，她几乎是见了弟弟的第一眼就喜欢上他了，真的把他当成自己的丈夫了。负责落实这件事的下属告诉我，这个寡妇的丈夫早已抛弃她和孩子，离家出走了多年了。这个寡妇渴望家庭的温暖，渴望有男人的生活。

特别奇异的是，这个寡妇和弟弟见了面之后，惊呆了，眼前的这个男人长得太像她的前夫了。下属汇报说，两人相见，她竟然眼泪汪汪的，嘘寒问暖的。这让站在旁边的我们都挺感动的。

我的那位朋友说，开局不错，开局不错呵。

27

自此，弟弟开始了他自己的家庭生活。

据下边的人报告，他们生活得挺好的，很有规律也很有章法，而且家庭气氛也很和谐，女主人很关心他，责备他时是那种很疼爱的样子。

我问，我弟弟话多吗？

那个下属惊诧地说，难道他过去不爱说话吗？话挺多的呀，有时候还跟我们开玩笑呢。倒是那个女主人话不是太多，总笑呵呵的。不过两个人常在一起说悄悄话儿。那个孩子表现得也非常好，张口爸爸，闭口爸爸的。

我说，是吗？

下属斟酌着说，是这样。事先我对那个孩子说，只要他表现好，最后我会奖励他一个滑板和一个游戏机。所以孩子很努力。

我没言语。

显然下属看懂了我眼睛里的疑问，进一步解释说，我跟孩子是这样讲的，这是一件助人为乐的事情。他现在的爸爸呢心情不太好，大人嘛，工作不都是很顺的。这种事就像天气一样，有时候是阴天，有时候是晴天，有时候就会刮风下雨，不可能天天都万里无云，阳光灿烂，对不对？希望这个新的家庭环境能让他开心。

……

一次我给弟弟打电话，在电话里我听到了背景环境欢声笑语吵闹一片的声音。我心里很不是滋味儿，不知道这种状态是喜还是忧。

28

总之，一切都进行得很顺利。在弟弟的脸上我看到了幸福感。

我听那个负责后勤的司机师傅说，弟弟和这个寡妇处得非常铁，到了深夜了他们还在说悄悄话呢，弟弟给她讲了许多自己童年的故事。

我说，童年的故事？

司机师傅说，对。讲你们一块儿去钓鱼。他每次钓的都比你多。然后，那个女的就咯咯笑，说，这是为啥呢？

是啊，这是为啥呢？我感到非常困惑。估计这就是他妈的爱情吧。

一天，我拍着弟弟的肩膀说，老弟儿，你觉得这个女人怎么样？称不称心？如果行的话，我看你们就结婚吧。新房和婚礼你不用考虑，哥哥嫂子来安排，你出想法就行了。好不好？

弟弟低下头笑着不言语。

我说，说话！

弟弟说，我得再问问她的意见。

看起来，这件事儿真的要让弟弟步入婚姻殿堂了。

29

那个寡妇在这别致的一段日子里同样感到很幸福，很甜蜜，她很留恋这段儿幸福时光，她也真的是一心一意地想和弟弟结为夫妻，并为此事祈祷着。以往那种动荡的生活让她凡事都心存疑虑，所以和弟弟在一起有了那种相见恨晚的感慨。

我也注意到她某种复杂的欲说又止的样子。

后来我了解到了，这个寡妇还有一个孩子在前夫那里，她想把这件事如实地告诉弟弟，想可不可以把那个孩子接回来一块儿过，免得孩子和他爸爸奔波受苦。我认为这事得慢慢来，不急于说。作为男人当然知道，弟弟何尝不想有一个自己的孩子呢，这是每一个成熟男人的人生理想啊。

我对那个寡妇讲，至于那个孩子的问题，可以另外找个时间我们在一起议一议，一定会有好的解决方案。现在就把这件事和谈婚论嫁掺合在一起我心里没底。

那个寡妇说，那就不说了。

但悲剧还是发生了。

在他们准备结婚登记的前一天，一个五大三粗的男人领着孩子找上门来，一进院，上去就是一拳，把老弟打倒在地上。然后破口大骂那个寡妇不要脸，竟敢在光天化日之下和野汉子在一起鬼混……

30

弟弟又回到了自己的那个“中华巴洛克式”的小屋。

我这次去弟弟家并不是逃难，是为了安慰他才来的。我在街角处的那个食杂店照例买了鸡蛋和挂面。我想给弟弟一个印象，过去发生的事，如同爬山，如同漂流，如同看了一场电影一样，不过是生活中的一种体验而已。现在我们不是又回到原来的生活轨道上来了吗？我们既可以一切从头开始，也可以接续过去的生活，按照老路继续走下去。

进了家门之后，让我感到意外的是，弟弟的状态比我想象的要好得多，我不仅没在他脸上看到丝毫的沮丧，反而在他那张平和的脸上还弥漫着某种满足感。这让我颇感困惑。

不过我还是按照在路上想好的话说，老弟儿，真是对不起，没想到会是这样，他妈的。那个男人已经和她离婚了，他根本没有资格骂那个女人，更没资格给你一拳。那个女人完全可以按着她自己的意愿和你结为夫妻。妈了个巴子的，半道杀出这么个愣货来。没事儿，好事多磨嘛。现在关键的问题是，老弟儿你觉得怎么样，如果你认为这个女人行，其他的事由我来落实。

弟弟诚恳地说，哥，我满足了，我已经享受到家庭生活了。

我奇怪地问，老弟儿，你对她没啥感情呀？不想娶她为妻啦？

弟弟说，她很好。

我说，那是为什么？

弟弟说，我不想害了她。

我说，你这话从何说起，你能伤害她什么呢？你是个好男人，她又喜欢你。好了好了，寡妇前夫的事情由我来摆平，以后我让那个愣货一见到你就吓得魂飞魄散，拔腿就逃。

弟弟说，不不，哥，这件事情对我已经过去了。真的。

我说，真的还是假的？

31

我凑到弟弟的面前说，老弟儿，你跟哥说实话，为什么会是这样？难道你又有了什么新的想法了吗？

弟弟说，哥，我想有一个那种“一面青”的房子，在乡下。

我说，一面青的房子，是不是前门脸儿是砖，其他三面全是黄泥大坯垒的那种？这个事儿好办是好办，但老弟儿，你要这种房子干什么？给那个寡妇还是自己住哇？

弟弟说，我自己住。

我问，不住别墅了？

弟弟说，住不惯。哥，一面青的房子最好是独门独院儿的。

我揶揄地说，院子里还得有两棵果树，一棵是桃树，另一棵也是桃树……

弟弟说，我想在院子里种点菜，茄子、豆角、黄瓜、土豆……

我说，把那个寡妇也叫过来？

弟弟说，我想一个人住。哥，我一直渴望这样的生活，田园牧歌式的生活。

我笑着说，老弟儿呀，看起来你的脑瓜子里一直也没闲着哇。这件事你想好了吗？

弟弟说，又让你破费了。哥。

我说，不过，你要的这种房子一般说都没有自来水呀，也没有取暖设施，只有火炕，这能行吗？

弟弟说，我要的就是这种。

我说，是不是还需要一条狗？

弟弟说，对对，普通的狗。

我问，是哈巴狗还是大黄狗？

弟弟说，小黄狗吧，这样看起来比较谐调。

我不住地点头说，是啊是啊，农村哪有养哈巴狗的。那么，平常做饭怎么办呢？你自己做还是希望我给你再雇个人？

弟弟说，哥，雇一个村姑吧，做完饭，收拾收拾屋子她就走。

我乐了，问，老弟儿，那你一个人住在这里干什么呢？就侍弄个菜园子？或者悠闲地走在乡间小道上？牧童的短笛在歌唱？

弟弟说，哥，我向往这种生活。

我说，行啊——你没和哥要牧场，问题就好解决多啦。好，没问题！

第二天一早在我离开的时候，弟弟说，哥，你好像是潘多拉盒子里冒出来的那个魔鬼。

我说，昨天晚上我想过了，还得给你配一个手机，咱们兄弟好保持联系，你不会拒绝吧？

弟弟说，我听你的。

我说，我很荣幸。

弟弟说，对不起。

32

弟弟的要求其并不难办，和县里的朋友说一下，租一个房子，必须要有园子，园子里种着茄子、豆角，长势好，充满生机就行了。可以暂时让那个房主人搬到县城的宾馆里去住——我的第六感告诉我，弟弟在那里住不了多长时间。

做饭也不是问题，找一个专业女厨子，扮成村姑给他做饭就可以了，当然要做农村的饭菜，我猜这是弟弟的精神需求。比较有一点点问题的是，他能接受小黄狗，可小黄狗能接受他吗？

事后，看来我的担心是不必要的，一切还好，那只小黄狗好像和弟弟前世有缘，见了他居然很亲热。这把老弟感动够呛，不断地抚摸着它，和它贴着脸儿。

……

一个星期之后，我开车去看他。当我将车开到院子门口的时候，弟弟正像一个农民那样在侍弄园子。

弟弟见了我，话就滔滔不绝了，跟我大谈种菜经，茄子怎么侍弄、豆角怎么侍弄。

我笑眯眯地看着他说，老弟儿，你过得不错呀，如果你喜欢过这样的生活，我们可以把这个房子买下来，今后你就在这里生活吧。城里那个大杂院里的房子还给你保留着，定期安排人打扫卫生，交各种费用。如果你哪一天怀旧了，还可以回去看看。

但弟弟却说，哥，可以了，三天之后你来接我吧。

我吃了一惊，说，你不是过得好好的嘛？着什么急呀，你想在这里住多久就住多久。

弟弟说，我听那个做饭的说了，这家房主，虽然住在县城的宾馆里，还三两头回来，偷偷地看看他的房子和院子里的菜，他们对我不放心哪。哥，这毕竟是人家的家呀，现在我已经享受到了，行啦，该走了。

我说，好吧，随你。

弟弟突然说，哥，你能不能弄一台胶轮拖拉机来接我？

我吃惊地问，为什么？

弟弟说，哥，我一直梦想有一天能坐上胶轮拖拉机……

我说，老弟儿，你这些念头都是从哪儿来的？董家耕？邢燕子？下乡插队的知青？好吧好吧，你只要不跟我要三岔戟就行了。

弟弟突然幽默地说，如果我要要呢？

我说，那得先修机场，再申请一条空中专用航线，不过，时间很长，别你等不及呀。

他说，哥，难为你了。

我说，不就是拖拉机吗？放心吧，没问题。

三天之后，我租用的拖拉机到乡下把老弟接走了。说心里话，坐上拖拉机，我也有一种满足感。或许这种荒唐的想法并不荒唐，弟弟很可能是对的。在我们年轻的时候人人都曾经有过这样的想法，有朝一日能坐上拖拉机过过瘾多好啊。在乡下，坐拖拉机不仅感觉与环境比较协调，而且感受也很真实。

在拖拉机上，我问弟弟，老弟儿，下一步你打算怎么办？

弟弟说，想先歇一歇。

我说，好。

就这样，我把弟弟再一次地送回到了那个中华巴洛克式的大杂院里。

33

又有好长时间没“逃难”了。这一段日子里我的业务太忙了，几单重要的生意让我脱不开身。焦头烂额地刚忙过这一阵子，弟弟就打来了电话，我立刻说，今天晚上我过去。

到了那个街角处，我让车回去了，然后去那个食杂店照例买了鸡蛋和挂面。是啊，人世间的时光过得真快呀，一晃三四个月就过去了，可在我的感觉里就像是一个星期似的。为此觉得有点儿对不起弟弟，居然把弟弟一个人扔在家里那么长的时间。

我认真地看了一下街道上的树和花丛，是啊，鹅黄色的迎春花已经开了，所有的树枝都开始泛绿了，看来新的一年又开始了。古人说的没错，一年之计在于春。刹那间，我突然羡慕起弟弟来了，我这个老弟儿呀，是三年不鸣——是二十年不鸣，一鸣惊人啦，居然开始要过自己想要的生活了。昨天他给我打电话或许又有了什么新的想法了吧。

进了屋，我放下鸡蛋和挂面就问，说吧，又有什么新的希望和要求？

弟弟说，哥，我想有一辆车。

我笑得浑身直颤，连说，不过分，不过分。是吉普车还是轿车？

弟弟说，212，北京吉普。

我说，老弟儿你快醒醒吧，现在是2009年，212北京吉普到废车堆都找不到啦。有新型的北京吉普，外形都差不多。可不可以？

弟弟悲憾地说，哥，我想学开车，想一个人开车出去转转，到我想去的地方走一走，看一看。

我说，老弟儿，我怎么听你这话像是要告别人世呢？不就是要台车嘛，没有问题。不过，你会开车吗？

弟弟说，我学。

我说，这样吧，我可以单独给你找个教练，老弟儿，听哥说，最重要的是别撞着人。

这一夜，我们兄弟俩唠了很多。但是弟弟提完要车的要求后，又重新恢复了原来的状态，继续沉默起来。但他一直认真地听我讲述这一段日子的难心事儿。恍惚之间，我觉得弟弟很像一个牧师，在听我的忏悔和闹心事。是啊，无论怎么说，弟弟是我的精神家园哪。不过，这次来我明显地感到弟弟变了，既像动了凡心的和尚，开始不甘心守着古刹青灯过日子了，也像一个在思索与探究的道路上猛然顿悟的行者，开始寻找新的生活了。

是啊，弟弟自己有一台车也好，一台车就是一个流动着的个人空间，这对弟弟来说可能是另一种抚慰。

34

听那个汽车教练讲，弟弟的车学得很快，很快就能单独上路了。那个教练还不无羡慕地对我说，你弟弟很聪明，他是我教过的所有学生中最聪明的一个，技术掌握得好，到位，路况处理的也恰到好处，而且不开快车，感觉很放心。

我说，有你这话我就放心了。说一千道一万，安全是最重要的。

这之后，弟弟一直没有给我打电话。我只是为他这台车做后勤保障，安排下属定期给他送油卡。简言之，所有费用弟弟都不必操心。而今，集团公司所有的员工都已经习惯了我弟弟。他们在一起还开玩笑说，要是咱能成为董事长的弟弟该有多好。

就这样，大半年的时间很快就过去了，街道树上的叶子又开始纷纷飘落了，眼下已是晚秋，跟着就会下雪了，再然后就是元旦，这一年又要过去啦。于是我决定去看看弟弟。

乘车到了那个街角处，我照例让司机回去。但我很快发现那个食杂店已经被换成了联通营业厅了。我又走了好几条街才找到卖鸡蛋和挂面的便利店。

附近的变化不仅仅是食杂店改联通营业厅，这个中华巴洛克式的大杂院也要改造了。在大院门口儿我看到了动迁的告示。看来弟弟真的要离开这个居住多年的老屋了。

35

这一夜我们兄弟俩聊了很多，弟弟也说了很多话。或许这是弟弟开上车之后，到处走，见了世面的缘故罢。弟弟不仅能说出许多种车型、车种，还饶有兴趣地向我讲述了他行车路上的所见所闻。当然，弟弟讲的这些所谓的新鲜事儿我早已熟视无睹了，但弟弟讲得是那样的动情，那样的认真，好像这一切都是他有生以来的第一次见。这让我既惭愧又感慨。虽然我还不知道怎样来安排弟弟的未来生活，但无论怎么说，只要我所做的一切能让弟弟开心就好。

这一次弟弟倒没提出什么要求，反倒是他的讲述让我有了新的建议，我说，老弟儿，车你也开了，这座城市你也熟悉得差不多了，鬼知道你都去了哪些地方，反正过桥费你是没少花呀。现在，我倒是建议你到国外走一走。

我话音未落弟弟就说，去国外花费很高吧？

我说，你到国外还可以试试你的英语水平怎么样。过去你一直偷听敌台，但那只是听，并没有亲眼看到，没有身临其境，所以你还缺少一环，现在应当把这一环补上了。

弟弟问，能去芬兰吗？

我说，芬兰、意大利、荷兰、比利时、德国、奥地利、法国、英国，都在欧共体范畴之内，一路畅通，想去哪儿去哪儿，不用另外签证，很方便。

弟弟说，哥，我喜欢芬兰。

说着，弟弟破天荒地哼起了那支歌：

“回到过去的时光/我的思绪万千/在过去的日子

里/这个不可思议的故事延续着/永远扎根在我的生命中/我的思绪千回万转……”

我说，老弟儿，那你打算什么时候走哇？

弟弟说，越快越好。

我说，好。我看你还是先去欧洲，签一次证可以去十几个国家。第一站你就到芬兰。老弟儿，你是想跟旅游团走，还是希望一个人走，我给你配一个助手，或者再找一个独身女人陪你一块儿游览？你喜欢哪一种方式？我感觉后一种方式比较好一些，自由一些。

弟弟说，还是跟旅游团走吧，人多在一起踏实。

我说，旅游团安排的日程都很紧，你身体行吗？

弟弟说，行。

我说，那好。去了之后有什么问题随时给我打电话，你可以随时脱团回来。国外呢哥有朋友，他们可以另外安排你的归程。

弟弟使劲地摇头说，不用不用。

我说，我是假设，没问题不是更好嘛。那就这么定了。

一个月之后，弟弟将乘飞机去游访欧洲大地。我一直把他送到旅游团的集合地，然后和弟弟挥手告别。不知道为什么，这次兄弟俩儿分手让我的心如此沉重，但愿他在欧洲玩得开心。

36

弟弟的那个中华巴洛克式的大院开始动迁了。弟弟正在欧洲旅行，由我来处理这件事。这不是什么大事，补偿也少得可怜。至于弟弟想拥有一个什么样的新房，还得等他回来听他的意见后再定。现在让我头疼的是，我不知道怎么处理家里的那些杂七杂八的东西，不知道哪样该扔，哪样不该扔。最后，我决定把弟弟所有东西一样不落地全部保存好。

在收拾这些东西的时候，我意外地发现弟弟竟然是一个癌症晚期患者。我目瞪口呆地看着这张诊断书，一时泪如雨下。我真浑，我怎么没想到这一层呢……

现在我理解了，弟弟为什么一下子和我提出那么多匪夷所思的要求，他一直对我隐瞒真相。我这位可怜的兄弟哟。

……

弟弟回来了，弟弟仍然不想住在我家里，他想有一个自己的空间，这我理解。我直接把他接到事先订好的宾馆。我没有说那张诊断书的事，我装作什么也不知道的样子。

我说，老弟儿，最近一段时间我有闲工夫了，咱们兄弟俩一块儿出去玩玩吧。

弟弟说，哥，给你放假了吗？

我说，我是董事长，谁给我放假呀，哥就是想歇一歇，有点累啦，放松放松。

弟弟问，那咱们玩什么呢？

我说，钓鱼、打猎、登山、去大海游泳，“面朝大海，春暖花开”。想玩什么就玩什么嘛。一切听你的。

37

在接下来的日子里，我们兄弟俩一块儿出去钓鱼、打猎，看山，到海滩上晒太阳。玩了差不多 20 天。最后，按照弟弟到主意，我们在一个乡间小旅店住了下来，是啊，明天我们兄弟俩儿就要返程了。

入夜时分，我们兄弟俩在小店儿里喝着小酒。

我问他，老弟儿，我有一个问题一直想问你……

弟弟说，那个中秋节的夜里我看到了什么。对吧？

我说，是啊，那天晚上我睡得像头死猪似的，什么也不知道。

弟弟说，哥，那天夜里妈妈回来了。

我惊讶地问，你确定？

弟弟说，还有一个男人跟她一块儿。我看到妈妈从抽屉里拿走了一件东西。

我问，什么东西？

弟弟说，妈妈和那个男人很亲热。后来妈妈看到我醒了，用手势示意我不要作声。

我问，后来呢？

弟弟说，后来他们就悄悄地走了。

我问，那个男人是一个什么样的人？

弟弟说，是爸爸。

……

38

兄弟俩沉默起来，不知不觉中我落了泪。

弟弟安慰我说，哥，一切都过去了。

我说，没错，一切都过去了。

弟弟说，爸和妈不能回来了。

我坚定地说，咱们不管他。老弟儿，房子动迁了，你想住一个什么样的房子呢？哥好事先给你安排一下。你该有一个新家啦。

弟弟听了以后半晌没有言语。

我说，不急，你什么时候想好了什么时候告诉我。

弟弟说，哥，如果我死了，我想把我的骨灰盒安葬在鹤山上……

我说，你想得可真长远。封建帝王啊？这么早就想着安排身后之事。刚才你说什么？鹤山？我怎么从来没听说过鹤山。

弟弟说，我开车去过，那个地方挺好的，很宁静。

我笑着说，老弟儿，你离死还早着呢，想这些干嘛。

弟弟说，哥，我死了之后，希望哥能抱着我的骨灰盒，坐上胶轮拖拉机去鹤山。

我说，再给你立个碑。

弟弟说，不，悄悄地埋在那儿，平整好就行了，就好像什么也没有发生过一样。

我说，好吧好吧。我死了以后也埋在那儿，咱哥儿俩永远在一起。

弟弟说，谢谢哥。

我说，算了算了，不说这些没劲儿的话，咱们喝酒吧。

39

坐在胶轮拖拉机上，我一直在心中哼唱着弟弟的歌：

> “回到过去的时光/我的思绪万千/在过去的日子里/这个不可思议的故事延续着/永远扎根在我的生命中/我的思绪千回万转……”

是啊，正像那部犹太电影里说的那样，不仅仅是“过去的一切与我们同在”，而且“过去的一切（也）照亮了我们的前程……”

拖拉机开到鹤山的半山腰停了下来。那个拖拉机手说，兄弟，只能开到这儿了。

于是，我抱着弟弟的骨灰盒一个人徒步往上爬。那个拖拉机手点了一支烟，在后面说，你最好快点儿。

我立刻撂下脸说，超过一小时给你一百圆。

他无耻地笑了，说，好好好，你随便，一切听你的，我指定等你就是了。

山顶上的景色果然很好，小雨初收，暮色苍茫，真的很宁静。弟弟可真是会选地方啊……

弟弟的名字叫云鹤。这就是云鹤憩息的地方呵。

……

安葬好弟弟，天就彻底地黑下来了。在山顶上就能看到那辆拖拉机的车灯，我知道，他会在那里踏踏实实地等着我。

跟 踪

我讲述一下我的故事。我很快就下岗了。对于这种事我并不是猝不及防，没有心理准备。这一段“感觉不好”的敏感时期，是我对人生、社会、单位、领导、同事思考最为多的一段时间。其实，在这一特殊时期并没有人正式通知要我下岗。但是，我在内心分明感到了这“决定”正在悄悄地，尽可能不动声色地，尽可能文雅地，尽可能“无奈”地向我走来。或者，我正在以同样的方式向它走去。在这一特别时期，无论成熟的，还是那些并不成熟的小嫩兔子，都不油然地——这个“不油然”的词多么的妙啊。他们都在不油然地用自己的动作、表情、语言、行为，向我说明，“你将要离岗了。”我知道，他们一律坚决地否认对我离岗一事的那种喜悦与“幸灾乐祸”，以及蔑视的心情。可是，他们又控制不住自己的这样心情。看来，人们的“愉快”与“喜悦”是多种多样的。当然，特别有出息的、能干大事的人例外。那样的人不会把玩这种事，因为他们还有很多重要的事要做。

事情正像这些“不油然”的人预料的那样。我下岗了。自然而然地在“突然间”发生了。可是，我已经有充分的心理准备了。我应当有充分的理由认为我已经解放了，解脱了。今后的我可以无所顾忌地想说什么就说什么，想批评谁就批评谁，想反对什么就反对什么。我觉得这才是真正的、有活力的人生。

好了，不管怎么说，怎么装愉快，怎么装洒脱，怎么表示什么也不怕，怎么暗示自己有“杀伤力”，你毕竟下岗了。上述的这种行为只能是中世纪的骑士唐·吉诃德的翻版。我还要充满热情地去热爱生活，热爱生命，热爱美食，热爱金钱，热爱幻想，热爱旅游。当然也得热爱自己新的“工作”。

我扼要地介绍一下我的新工作。我自己成立了一个“私人侦察事务所”。我得活得浪漫一点，好奇一点，多动，多思，多分析一点。特务头子苏多普拉托夫对手下的忠告是：你在招募新间谍时，应当“搜寻那些受到命运或大自然伤害的人——那些相貌丑陋者，以及渴望获得权力或影响力，却被不利的环境因素打败的人。”他还说，间谍“下海”的动机很多：意识形态、贪欲、性、复仇、荣誉、害怕被勒索等等。这一行吸引到的受伤害者、孤独者和怪人比其他行业都多，但他们都有一个共同点：对秘密影响力的渴求，也就是苏氏所说的秘密回报。他们走上间谍道路……从根本上说，它主要是一种受想象力驱使的行为。牛津大学学者约翰·马斯特曼“二战”期间曾在军情五处负责双重间谍的操控。他对自己经手的间谍作过一番细致研究，结论是：“某些人天生就有一种在间谍和欺骗的神秘世界中生活的癖好，并使自己同时依附于对立双方的同类机构，只要他们对一种恐怖冒险的渴望能够得到满足。”大概没有别的职业会使人对自己行业的神话看得如此清晰，却又如此沉溺其中而不能自拔。“这就像生活在一部间谍小说中，你所做的一切都是一场博弈。”间谍世界总是能够吸引到很多游移于现实和幻想或伪装之间的人——梦想者、偏执狂、阴谋理论家、冒名顶替者和制假者。这类人往好处说是生性离奇古怪，往坏处说则堪称完全疯掉了。他们说得多好哇。尽管跟我从事的工作不太一样，尽管他们说得有些尖刻，有点损，但其本质是一样的，而且是正确的，把我繁乱复杂的心理总结得一清二楚。让我知道从事这一工作的，在这个世界上不只我一个人。同时我还加入了中国调查联盟，成为这个组织的一个会员，并在国家注册了我的这个专业机构，我打出的广告是：本事务所专业从事婚姻过错调查，寻找债务人，追查债款、电话详单，手机汽车定位，欺诈追踪，各类案件调查取证。

我想我应当把话再拉回来。我觉得成立这样一个有趣儿的，适用的事务所，不单单是我个人的需要，也是生活的需要。要知道，城市人的生活太复杂了，特别是感情生活，简直是一团糟。在一团糟当中，又个个强词夺理，振振有词。这种现象相当迷人。坦率地说，我就是被这种现象所诱惑的。

我这个事务所就我一个人（我的老伴儿已经不打算回来跟我一同生活了。她的爱情期来得很晚。是我经手启动了她和她第二任丈夫的新生活）。我是所长、侦探、办公室主任、律师（我有国家承认的律师证，而且是第一期毕业的），对，我是学法律的。但是，我不想专门研究法律。我更喜欢品尝与品味生活，特别是秘密生活。我将我的这个私人侦察所布置了一下。斜放了一张俄式的办公桌。墙上挂着柯南道尔、亚森罗平、捷尔沃斯基、阿加沙·克里斯蒂的照片。看起来很可笑，甚至有点幼稚，但是有人就相信这个，而且不在少数。特别是需要私人侦探的人们。

我找的第一宗生意，是受雇于一个完全为了怀疑和忌妒来到人世上的王太太。

王太太住在别墅区。住在别墅区的人们，需要我的这种服务，或者相类似的服务。我因为没钱，当然不喜欢别墅区的人们。这很正常。不过，别墅区里有钱可赚，有事可玩，我当然不会拒绝。

这个所谓的别墅区，也是这座城市早期的别墅区。布局相当幼稚，好像“设计”，好像想法，很可能是从外国电影里学来的。然后，还有建筑商、房产运营商、领导同志的个性化的驱使与蛮横，使得这个老牌，或者“头一水”的别墅区有点不伦不类，有点让人摸不着头脑，让人忍俊不禁。所以，这个所谓的别墅区，严肃地讲（人是少不了严肃。一生也不曾严肃的人，是可悲的人。反过来一生都严肃的人，就是可怜的人了），别墅建筑业发展到了今天，“头一水”的别墅区，仅仅是个尚可的住宅小区而已。

我去王太太家那天，是个阴天。然后，立刻下了雨。我立起了老式风衣领子——这样看上去，更像一个私人侦探。私人侦探，应当是刀条脸，脸色青黄。可我是刚刚开始干，用不了多久，我就可以变成刀条脸，脸色青黄，并有一副铁石心肠。我还不能太着急进入角色。我得稳一点。应当有一副可信赖的眼神和表情。

按了半天门铃，王太太才出来开门，当然指望女人听到门铃声后，就迅速地出来开门，那是涉世不深，或者不经常与人打交道的人的看法。这时候，雨越下越大。我想，必须装作“事情”“案子”特别多的样子。我在大雨的配合下，像一幕舞台剧似的显得很为耐烦。王太太终于出来了。王太太长得人高马大。我要是这家的男人也不会特别沉醉于这种女人。而且她对男人的那种表情，那种气势，那个熊色……文雅些说，我不喜欢这类女人。可能小男人喜欢这种女人，做雄性小鸟依人状。王太太上上下下地打量了我半天。我则像一个冷酷的职业杀手那样毫无表情地凝视着她。我不容置疑地说，顶多两天，不能再多了。我的事太多。说真的，王太太，考查一个人，两天就足够了。

我说这些违心的话的时候，外面正下着雨，而我就站在门斗的雨搭下面。尽管有雨搭，尽管我穿着风衣，但也被浇得水淋淋的。这种样子，反倒使我更像一个职业侦探。我皮鞋底下的雨水开始越积越多。这是秋雨呀，天太冷了。我讲话时，牙齿一直在打战。下这样的冷雨，真让人受不了啊。

我站在那儿心想，别感冒了，回去的第一件事，就是喝碗热姜汤！

王太太吃惊地看着我，我站在门口那儿等待着王太太的回答。很显然，王太太并没有邀请我进去的意思。不过，我已经注意到她的客厅里铺着昂贵的新疆地毯。身临其境，我现在才明白有些人为什么愿意跟有钱人打交道。

滚雷、闪电和暴雨，正袭击着客厅左面的那扇窗户，发出叭叭的声音。房顶上的吊灯开始轻微地摇晃。

由于我们彼此陌生，王太太不邀请我进去，我认为属于正常。私人侦探不应是一个什么都计较的俗人。

王太太说，这样好不好。首先我相信你。不过，你可能面对的是一个很棘手的人。我跟我的男人同床共枕了这么多年，我了解他。他非常狡猾。最气死人的是，他不说话。你不知道他肚子里想些什么。你问他什么，他也不说，我已经被他逼疯了，我什么手段都用上了，就差给他上刑了。可他就是什么也不说，也不跟我……

我说，睡觉。

王太太说，是啊是啊。你说这正常吗？

我没吱声。业内人士在我开张之前，已经告诉过我，少表态，这样才显得高深莫测。而且也可以给自己留下回旋的余地。

王太太说，我现在已经完全不认识他了，太陌生了。他就像一个幽灵，早上走，晚上回来，有时候很晚才回来。我的精神都快崩溃了。可我决定搞清楚这个老王八蛋在外面究竟都干了些什么！？

我不动声色地点点头。

王太太站在那儿抱着臂膀问我（显然她也有点冷），你能把我丈夫每天的活动情况，都如实地汇报给我吗？

我说，这是我的工作。而且，我会把您丈夫每天所有的活动都整理好，以最简洁的方式给您写一份文字材料。

她突然撂下脸问我，每天我付您多少钱？

这一瞬间，我发现王太太很俗，厚嘴唇上蹿出了密密麻麻清晰可见的胡须。而且脸色苍白，眼神有点飘，有点他妈的不是个东西。我想，哪个男人找了这样的女人，毫无疑问，是一个一生的灾难。一位哲学家说，“他人即坟墓”。我估计这个不幸的哲人指的就是这种情况。毫无办法，无计可施，即使是一个侃侃而谈的哲学家，也是如此。

这里我插几句对一些女人的看法。尽管我在现实生活当中，在过去的工作当中，并不是一个喜欢插话的人。坦白地说，我对当代的某些女性是极为反感的。这非常不好，但我控制不住。我像大多数男人一样，每当面对那些说话滔滔不绝、态度蛮横傲慢、又处处居高临下的女人时，有一种缺氧感、窒息感，感到世界末日就要到了。可我又没有足够的勇气和智谋，巧妙地杀死这些女人。我又不敢跟她们横眉冷对。因为这样的女人常常带有很强的、很持久的、很狡猾的攻击性的。跟这样的女人合作，或者受雇于这样的女人，是危险的。因为你不知道她们的“死穴”在哪里，甚至跟她们公事公办，都不是最好的办法。

我告诉王太太，每天我需要打出租车，或者在餐馆里盯稍，或者去大歌剧院，等等等等，鬼才知道你男人会去一些什么样的地方。总之，无论他去哪里，我就得跟他到哪里。这些都需要钱。这种花费，毫无疑问，都是工作需要，不属于您付给我报酬的范畴之内。我的意思是说，我每天至少工作 12 小时，报酬为 500 元。每超过 1 小时，加 100 元。这里我需要说明，我从不跟客户讨价还价。同意，就干。不同意，我立刻在你面前消失。

她说，那么，都加在一起，每天一千元足够了，对吗？

我未置可否。如果额外需要，我会及时通知您的。举一个小小的例子，比如您丈夫突然乘飞机去南方，可当天又返回来了，一切干得神不知鬼不觉——这种事过去我经常遇到。所以额外的花费，随时随地都可能出现，而且通常是来不及通知您，并取得您的同意。所以，您事先心里得有个准备。

王太太想说，好吧。我先付您一半儿……

我说，不不不不，是全部。也就是说，您先付我 1000 元。多退少补。而且我要现钞，不收国库券、股票或者其他有偿证券。这一点，希望您能理解。

王太太呆呆地看着雨。我知道她不是在看雨，但是“天要下雨，娘要改嫁”，这一切都是没有办法的事。

我说，您想好了。

她缓过神来说，你需要几天？

我说，两天。

她说，两天根本不够！

我说，好吧。干着看吧。

王太太带着一副愤怒的、吃了大亏的表情从衣兜里掏出一大沓百元的钞票，数出十张，递给了我，说，好吧，从明天正式开始。工钱，我们一天一结。

我的表情是“没有办法，只好收下了”。

王太太付了钱后，外面的雨势仍然没有减弱的迹象。这时，不油然地犯一个小错误，我用表情告诉她，“我想再待一会儿，避避雨再走”。

王太太冷冷地说，看来您是打算冒雨走，那好吧，干你们这一行的，都是大忙人，我就不留你了。

我问她，你们有孩子吗？

她的身体像被毒针刺了一下，说，没有。

我说，我也没有。

其实，我有。可我为什么这样说呢？十几年前，我曾在《世界》上看到过这样一则小小说。大意是说，一个罪犯去上帝那里忏悔。他说，上帝呀，我杀过人……上帝说，没什么，我也杀过。他说，上帝呀，我偷过东西……上帝说，没什么，我也偷过。他说，上帝呀，我还乱搞女人……上帝说，没什么，我也乱搞过……后来，罪犯离去了，山谷里传来了罪犯欢快的歌声。

王太太瞥了我一眼，没说什么，递给我一张她丈夫的照片，说，这就是我男人。然后，回屋去了，并仔细地关好门。

我往上拽了拽风衣的领子，一踮一滑地进入雨界。

我虽然背后没长眼睛，但是我分明看到了王太太正偷偷地趴在窗户纱帘后面注视着我。这个世界就是这样，有很多时候，一些人，个别人，在你的背后偷偷地看着你，你是知道的。可你为什么不回头呢？是什么道理呢？其实，真的没什么道理。有道理的人生，不是真实的人生。

一个准老年人，下岗以后，仍然一个人冒着大雨为生计奔波。或者为了幻想，为爱好奔波，由谁来为这个世界哭泣呢？世界的面孔究竟是什么样子的呢？我的下岗生活真的仅仅是出于某种沉醉，沉迷与兴趣吗？这可信吗？

好了，别感慨了。感慨的生活总归是颓废的生活。还得面对现实，面带微笑吧。现在，我的身份已不再是一个下岗职工，而是一个私人侦探。我知道，作为一个私人侦探，当你对一个人做出了承诺之后，那必然会对另一人构成“伤害”。这就是混账的生活。不过，需要郑重声明的是，我不是这一伤害的直接制造者。我是为了有内容地活着。生活本身太复杂了，幻想既在生活中产生，也会在生活中破灭。对生活，永远不要求全责备。

第一天

一夜秋风，雨已经不下了。但秋风仍在忽紧忽慢地荡涤着这座洋味的城市。这座城市的确是由二次逃难而来的人建造起来的城市。城市里到处都是洋建筑，有巴洛克式的、哥特式的、古罗马式的、法式的、俄式的，但主要是巴洛克式的。“巴洛克”有人解释是华丽的表达，也有人认为是折中主义建筑。我喜欢后者的解释。听说，世界上类似的由外国流亡者建造的城市在南北半球还有一些，并成为旅游胜地，文化工作者的热恋之地。后来，这座城市里的洋人都走了，但是，洋建筑留了下来，以洋建筑为主调的城市建设风格也被古怪地继承下来。那么，这座城市里不定期有“流亡者”吗？

秋风像一个优美而且相当随意的指挥家，在它的指挥下，金黄色的树叶纷纷地飘落下来。在这座城市的街道上，到处都被这些“金黄色的音符”覆盖着。难怪这些城市那么喜欢美术作品。这是我躲在王太太家不远的地方想到的这些。之所以如此浪漫，我认为，是我的这份“工作”没有什么危险，完全可以心安理得地去做。

不到9点钟，王先生从家里一出来，我核对了一下他的照片，准确无误之后，我便盯上了他。王先生出来后，在门斗那儿略微停留了一下。通常是那些经常丢三落四的人的动作，想一想，自己还忘带了什么东西。王先生看了看一地的“金色音符”，然后又仰头看了看在秋风指挥下，从树上飘落下的那一片片有旋律的叶子，长长地吐了一口气。坚定地走出了门斗。我注意到他背后的窗子里的纱帘动了一下。显然，王太太在窥视，在暗自的得意。她心里或许在想谜底就要揭开了。王先生根本没有注意到后面有人在跟踪他。这种状态让我想到，由此可以看得出王先生并不是那种神经过敏，疑心很重，或者喜欢想入非非的人。他一生也没有想到自己会被人家盯梢。他太轻视这个世界了。从他平静的、怡然的表情上看，似乎也不像一个处在中年热恋当中的男人，陷在这样危险的游戏当中不能自拔。也不像一个偷情老手。偷情老手无论怎样装扮，也掩饰不住那种机警、怀疑、自卫式的姿态。尽管他确信后面没有人跟踪他，他也会下意识地回头看一眼，再走他的路。总之，陷入感情旋涡里的人，会不由自主地看看自己的皮鞋亮不亮、不自觉地用手拢一拢自己的发式，会像一个真正的爱情战士那样，拔着腰板走路。或者健步如飞，或者步履富有弹性。现在不是，他像是在散步。那么，那个与他有秘密关系的婊子、骚货、小狐狸精、破鞋，是从王太太提供的相关资料上得知的。王先生今年四十八岁，用王太太十分鄙夷的话说“年近半百的人啦”。他在一家文化部门工作，是一个事业单位。于2002年，被单位安排“退养”。“退养”是人事词典上的一个新名词，就是类似于钻法律空子的一种新做法。它不同于退休、离休，而是继续保留工职、工资，及其所有的正式职工所享受的待遇。然后，交代工作，空出位置，回家待着去。单位为了达到这一目的，还得给“主动”退养的职工，涨一到五级的工资。如果当事人仕途无望，或者当事人的梦想与幻想已破灭，就可以到人事部门办手续了。在家待到60周岁，他用不着主动提醒人事部门，他们像好猎手一样盯着这个日子呢，已经把你退休的各种手续都办得利利落落、无懈可击。王先生的家境，比较富裕。王太太是一个品牌化妆品店的老板，日子衣食无忧，生活得很好——我指的是物质生活。精神生活肯定是出毛病了。只是目前我们并不知道是什么毛病。

看上去，王先生要比他的太太大几岁。尽管如此，在我看，他并不显得很老。甚至看上去比他的实际年龄还要小几岁的样子。我知道一些单位里的中青年，对老同志的年青样子极为愤怒，可这都是没有办法的事。而今就连中青年人看上去也比自己的实际年龄小很多。主要是生活太好了。但是，要知道，有时候悲剧就是从这种微不足道的“小事”上，这种年轻的状态上产生的。

王先生是个比较消瘦的矮个子，穿着似乎古板，以至有一点陈旧。人们的审美方式与品德是不一样的。我对王先生的穿着无可厚非。我们不应对别人干涉过细。当今，的确是一个喜欢嘲弄别人与自嘲的时代。这使得某些端庄的忧患和悲剧意识，变得滑稽可笑。瓦解端庄是用来掩盖自己的无知。可这是没有办法的事。嘲讽近乎于精神鸦片，它可以使那些活得愤愤不平的烂货有一种伟大感。总之，我要说的是，我对这位被盯梢的王先生兀然间有一种好感。坦率地说，我不太喜欢衣冠楚楚的男人，衣冠楚楚本身其实就是一种脆弱，是一种欺骗大众的代名词。不错，干私人侦探这行，既然是为了生计，尽管没有对客人的选择权，但是，也应当像妓女一样，有自己比较喜欢、比较欣赏的客人，会对这样的客人施以真情。

王先生在微湿的路面上缓慢地走着。这么年轻，用这种近乎于老年人的步履走路，不知为什么，我有点伤感。的确，私人侦探也有伤感。

经过一夜的大雨，城市的一切都显得清爽多了。应当说，这是一个出门走一走的好日子。街道树上的那些尚还浓密的叶子都被大暴雨洗得更加金黄，更加透明了，使得消瘦的王先生走着的这条街道弥漫着梦一样的金色诗意。

王先生就那样款款地走在对面的人行道上。我在这边盯着他。盯梢的方式是多种多样的，传统的方式是尾随。但太传统、太老套了。而且容易跟丢人。如果是那样，一天500元的报酬就大打折扣了。所以，这种隔道的平行跟踪效果更好一些，更自然一些，而且不易被对方发现。一般地说，跟踪中老年人，比跟踪青年人轻松多了。青年人走路走得太快。尽管他们并没有什么急事，也这么走。这会让跟踪者很辛苦，很恼火。跟王先生这种准老年人就不一样了，何况他的步子是那么缓慢，让跟踪者感到一种别样的甜蜜，几乎是一种休息。

九点钟以后，基本上已经过了上班的高峰期了，马路上的车很多，但人行道上的行人就少多了，有的人行道上只有一两个行人。王先生提着一把黑色的老式雨伞，今天会下雨么？我早晨忘记看天气预报了。那伞看来王先生把它当成拐了杖，一点一点地拄着它，走在金色的城市里。我觉得王先生的出现，竟然让这座洋气的城市有一种抒情的味道。这太让人惊讶了。

有时候，走在人行道上的王先生会抬头看一眼在浓黄色的树叶间啁啾的小鸟。我发现这时候王先生的表情居然像一个不谙世事的小孩子一样。一脸的无邪，一脸的天籁。这让我感动。我绝对不是想标榜自己。说真的，我也是一个喜欢看书的人。我依稀地知道，当一个人对周围的同类失去兴趣的时候，才会对小鸟如此深情地凝视。

这座城市并不是建在绝对平坦的地面上。也有几个大大小小的坡路。这种错落的姿态，看上去，这座城市显然更有韵味。要知道，人的一生许多动情的故事都发生在坡路上。经过一个类似德国小城镇似的上坡，王先生来到一个公共报廊的橱窗前。报廊的背后是那座日本式的，看着有点傻呵呵的报社大楼。它是这座城市当中为数不多的日式建筑之一。毕竟日本关东军在这里统治了十四年。这座大楼估计有二十层，准确的层数我说不清，也不想数清楚。但是，我知道，每一个房间里都装满了报人。他们把这个城市里发生的各种各样的事，通过各种方式收集起来，然后，根据有关方面的意愿，编辑、剪裁、排版后，再加上五花八门的广告之后，印成报纸卖给百万市民。从这一点上看，我似乎比他们更务实一点。作为一名私人侦探，我不存在取舍问题，我的职责就是把我所看到的一切，按照时间的顺序排好，然后，毫无保留地提供给我的顾主。这一点，是许多优秀的报人可望而不可即的。我与这座城市多年来相依为命，相伴而行。所以，我清楚，这个报廊有好多年了，你无论在任何季节，任何节日，任何天气里，都能看到有人驻足在那里看报。我非常清楚，这些人并不是买不起报纸，也不是为了省钱。他们只是喜欢站在报廊前看当日的报纸。这是他们的生活，他们甚至是这座城市的旁观者、思考者、评判者与解读员。他们读报时的那种心平气和，常常让人倒吸一口冷气。他们几乎是一群圣徒。

报廊的橱窗里贴满了全国各地的最新的报纸。报廊前有三四个人表情淡漠地站在那儿阅读。但是在我的印象当中，从来没有女人站在报廊前看报。如果有人问这座城市的男人和女人之间的什么区别的话，这就是其中的一种。所以，我认为，王先生大约不会选择这个地点与他的情人约会。因为，这太扎眼了，很容易被人识破。一般地说，非正常恋人的约会地点，有点类似特务的接头地点，一定会选择那些人们不大注意的地方。特别是熟人不大常去的地方。这样被熟人发现的概率就会大大降低，安全系数也会得以保障。可是，凡事总有例外，反其道而行之，也是那些从事秘密行为的人经常采取的方式之一，以真乱真。

王先生拄着他那柄黑色的雨伞开始从最前的第一张报纸看起。凭感觉，我认为他会在这个地点流连一会儿，不会马上就走。于是，我选择了街对面的那个便利店监视他。我坐在便利店门口的那把椅子上，一边喝着从便利店买来的瓶装的绿茶，一边抽着烟监视着他。

这家便利店的女老板是一个很实在、很热情的东北女人。我一进去，她就像老相识似地招呼我。其实，我并不知道要点什么好。但总之你得买点东西。不然，你就没资格在这里逗留过久。她很快就发现了这点，主动地推荐说，来瓶绿茶吧。糖度低，对我们这种年岁的人很适用。我笑着说，那好吧。我一边付钱，一边不时地回头看在报廊看报的王先生。女老板似乎看出了什么，或者说，东北女人总是很敏感，很聪明的。何况对方还是一个见多识广的女老板呢。她说，对面有你的熟人？我稍微犹豫了一下说，是啊。女老板问，你是侦察员？我没吱声。女老板显得很兴奋，好像她终于迎来了不平凡的一天。她喋喋不休地说，她最崇拜侦察员了，从小就喜欢看侦探小说。她说，这回我可看到真正的侦察员了。我只是微笑地点点头。

我想，我的沉默更能满足她的好奇心。

拿着那瓶绿茶，我倚在便利店的门口看着在对面的报廊那儿看报的王先生。热情的女老板立刻给我拿来一把白色的塑料椅子，说，坐下工作吧，站着多累呀。我说，谢谢。她说别客气，都是为了祖国的安全嘛！我笑了笑，没说什么。

我一边吸烟，一边用那微型的俄式望远镜观察在报廊前看报的王先生。我想看看是否他是在利用看报这种场合与他的秘密情人约会。作为一个私人侦探，凡事不能凭感觉，更不能事先做出判断，要尊重事实。如果王先生没什么事，他的女人绝不会花高价雇我干这种事的。

小卖店的女老板小心翼翼地问我，先生，您是公安局的，还是安全部的？

我没有回答。

女老板说，你看看我，净问些不该问的问题。对了，我给你拿个椅垫儿过来吧，昨晚刚下过雨，地下潮。

我说，谢谢。

我坐在有了椅垫儿的塑料椅子上面暖融融的，继续用望远镜监视王先生。

我使用的是高倍数的军用望远镜，坦白地说，就是特工用的那种。当一名侦探得有这种配备。这种望远镜可以将橱窗里的报纸上的每一个字，都看得清清楚楚。我几乎在与王先生的阅读保持着一致。我发现每一张报纸的内容、口气、语法、遣词造句、结构，都那样的惊人相似，如果这些文字不是出自一人之手，那就说明在报界存在着极为严重的相互抄袭的现象。

王先生一张报纸一张报纸地看着，在每一版报纸面前，都停留很长的时间。这让我多少感到了一种困惑，要么，王先生是一个有着某种特殊癖好的人，对这座城市、这个国家、这个世界发生的每一件事都非常感兴趣。不然，他就不会看得这样认真。这说明什么呢？是不是说明这个王先生对生活有着浓厚的兴趣，否则他就不会这样子看报了。一般地说，喜欢读报纸的人，大多是对生活存有某种幻想的人。王先生有可能就是这样的人。另一种判断就是，他在这里等什么人。这里是他的一个相对固定的约会，或者“接头”地点。如果展开一下想象的话，是不是他在报纸当中寻找什么信息呀？寻人、认尸、同学会通知，或者其他的什么信息。的确，我完全被这样的一个男人的行为搞糊涂了。我想，他总不会是从事秘密活动的特务吧？要知道，有些长期从事秘密工作的人和一个不相干的女人“结婚”生子，几十年，他的“配偶”也不知道她的男人是一个特务。那么，这个古怪的王先生究竟属于哪一类人呢？孤独者、忧郁症患者、偷情者、恋旧者、自闭的人、特务？一个成熟的、老练的危险人物？真的有点让人摸不着头脑。

两个小时过去了，随着太阳的升高，城市的气温也开始逐步地升高。这是秋天的基本面貌，早晚冷，白天，特别是近中午时，会来一个“小阳春”。给你一种母爱般的温暖。这就是为什么有那么多的人喜欢秋天的缘故。那瓶绿茶早已经喝光了。我坐在那把塑料椅子上，不时地从车流的缝隙中监视着王先生，唯恐在汽车掠过的一瞬间，他不见了。小卖店的女老板递给我一杯刚刚冲好的热茶，说，喝杯热茶吧，暖暖肚子吧。早上，男人的肚子总是冰凉的。喝吧。不要钱。我说，谢谢。太好了。同时，也觉得她的话有趣儿。早上，男人的肚子真的是冰凉的吗？真想伸手摸一摸自己的肚子证实一下。但还是放弃了。女老板像一个老大姐似地说，唉，干你们这行也真不容易，太辛苦了。是不是有时候还会有生命危险？是吧？

我没吱声。沉默是掩盖自己真实意图与身份的最好方法。

为什么有人会对另一个人说，其实我对你很了解，或者说，太了解了。原因就是你平时的话太多了，让对方了解了你，掌握了你，甚至比你自己还了解你，已经把你看穿了。不过，有些看似很能说，但是，你仍然不了解他。原因是他从不说不该说的话。这也应当属于“沉默”的人。

王先生那边一直没有什么异常，后来，我就和那个女老板聊了起来。

她很直率，告诉我说，她是一个寡妇。

我立刻礼貌地说，恕我直言，我一点也看不出来。

她像老熟人似地说，得了吧，干你这行的还会看不出来？

我一边用望远镜观察着在报廊前仍然不屈不挠地读报的王先生，一边漫不经心地说，您丈夫患的什么病？她鄙夷地说，精神病。她说，她丈夫已经去世几年了，跟另外一个女人殉情了。

我说，那您怎么看这种事情？您一定恨自己的男人吧？

女老板说，怎么看，我看他，还有那个女人，就是缺心眼儿。一对傻逼。

我听了，不觉笑出声来，觉得这个女老板粗鲁得有趣儿。

说着她感叹起来，唉——，这个便利店我都开十几年了，什么样的人没见过。有钱的，装有钱的，装严肃的，嘻嘻哈哈的，自来熟的，工人，干部，学生，女人，穷人，死死地盯着秤的，讨价还价的，走马灯似的。这都是命啊。你说，谁不努力呀？谁都在努力，但是，结果就不一样。你怨谁？就得怨自己的命不好。你说，我那个二逼男人，打死我也想不通，居然跟一个长得远不如我的女人殉情了。先生，一点蛛丝马迹都没有，我还一天从早到晚二逼呵呵地上货、卖货，啥也不知道，直到公安局通知我去认尸，我才傻眼了。

我问，你男人有遗书吗？

女老板一听，笑疯了，半天停止不了。最后才说，有，是一首诗。还整得挺老长，里面都是一些半截话，一些不着调的话。说完又大笑不止。

我问，你觉得他爱你吗?

女老板肯定地说，爱我。他说我是他的大沙发。

大沙发?

对，大沙发。告诉你吧，他殉情以后，我也老长时间想不通，后来我想通了。

我问，什么?

女老板说，两条，一条，男人是一个谜。第二条，这是我的命。我告诉我，桂芝，认命吧。

我听了，又忍不住笑了起来。

我问她，你了解你男人吗?

她的头晃得像拨浪鼓，说，不了解，不了解。他活着的时候给我的印象，就是老实，话不多。不抽烟，也不喝酒，喜欢看报纸，连报纸的中缝都看。

认尸通知也看。

对，我还说，你看这个干什么?你家死了人了?

我说，他就在对面的报廊看报吗?

她说，不用。对面报社的记者、编辑每天都给我带一份过来。不要钱。那些到我这个便利店买烟、买小吃的人，都知道我爱人喜欢看报。后来，他一死，我才知道，我并不了解他。

她说，你猜猜我有多大年岁了?

我一边用望远镜监视着王先生，一边漫不经心地说，不到三十岁吧。

女老板立刻拍了我的肩膀一下，风骚地说，讨厌！

这时候，我发现王先生离开了报廊，向北面的岔路走去。

我立刻站了起来，跟女老板说了声，再见。立刻斜过马路追了上去。女老板在我的背后喊了一声什么，我没听清。我在想，女人的热茶真好。

我不远不近地跟着王先生。

我觉得他好像没什么固定的目标，看上去颇为随意，在途中，王先生进了几家商店，有大的超市，也有小的便利店。大超市还好说，便利店，我就不好跟着他进去。只能在马路对面用望远镜观察他。他进去之后，先是浏览了一圈儿商品，然后什么也不买就出来了。当然，商店也有可能成为与婚外情人约会的地点。王先生在报廊那儿消磨了那么长的时间，估计是约会的时间不到，时间一到，再去到约会地点。

后来，我尾随着王先生来到了一家美国人开的大超市。进了大超市，王先生并没有去取超市提供的推货车，就那样两手空空地走了进去。这个时间，超市里的人不多，不是客流的高峰期，因此，对王先生的监视，变得很容易。王先生在超市里，将每件商品都看得很仔细。有的，他会从货架子上取下来，认真地阅读产品的说明书，然后，再放回货架上。王先生似乎对超市每一件商品都很熟悉，似乎货架子上摆上的每一件新产品都逃不过他的眼睛。而且，他都要拿下来，仔细地研究一下。难道他是为某个商店，厂家从事商品调查工作吗？在电视机卖场，他逗留的时间最长，他站在电视机面前，看着里面专门为诱惑顾客而专门制作的高清晰画面、节目。我偷偷地对他进行了拍照。包括他在人行道上走，在报廊前读报，在便利店里浏览，都用数码相机一一做了记录。我得对王太太有一个交代。王先生一天都做了些什么，就说明我都做了些什么。我不会乱要报酬的。后来，王先生来到了食品卖场。这一行为引起了我的注意，中年男子到这里来，毫无疑问，是有家的表现。在这里购买食品、蔬菜回家烹制。很显然，从王太太提供的有关资料表明，王先生从不往家里买任何东西。王太太也不需要他买。家里的一切均由她自己做主。王先生是一个一切等现成的人。既然如此，他到副食品卖场来干什么？难道他另外还有一个秘密家庭？这一想法，让我紧张起来，偷偷地给他拍了好几张照片，有他在生肉案前的，有他在蔬菜面前，有他在粮油面前的，都一一录拍在案。显然，这一发现，让我感到一种兴奋。尽管这种兴奋是不道德的，但是，不道德的兴奋也是兴奋哪。何况，这是我的工作。但是，令人遗憾的是，王先生什么也没买就走了出来。我想或者没有什么新鲜东西可供他选择吧。

王先生从超市出来，第一次看了看手表，然后步子开始加快。

我心想，有戏了，于是，紧紧地跟着他。

很快，他进了一家地下快餐店。

我看了看快餐店墙上的电子表，才发现已经是中午了。

这家快餐店是一家连锁店。中午时分，到这里就餐的男男女女很多，如果身有特殊任务的人，在这个地方见面，是一个很好的选择，不会引起别人的注意。

很显然，王先生对这家快餐店很熟，他要了一碗牛肉面，一小碟豆腐丝，一小碟海带丝，档次还算可以。端着托盘，独自坐在角落里吃了起来。

我也照样要了一碗面，坐在他的侧面不远的地方慢慢地吃着，看看他在等待一个什么样的女人。

我发现这种牛肉面量大而且实惠，好吃，辣，并且价格十分便宜。十几块钱就搞定了。按说，按照王太太的家庭情况，王先生还不至于吃这种廉价的大众式午餐。那么，他为什么会选择这里用餐呢？答案只有两个，一个是，他在这里将和什么人见面。另一个原因就是，王先生的历史告诉我的，他先前就是一个比较清贫的男人。到这种店来用餐，是吃一种温馨。

这时，我注意到一个年轻的女人也端着托盘坐在王先生的对面。这个女人不仅长得年轻（尽管如此，我估计她的实际年龄也有三十五到四十岁的），而且人长得很端庄，有气质，甚至有一点点高贵。一句话，是一个具有端庄美的女性。从她的装束上来看，是一个知识女性，或者公司的白领人员。她坐在了王先生的对面的空位上。瞟了一眼王先生，什么也没说，吃了起来。坦率地说，这个女人可比王太太强多了。王太太是一个平俗的女人。尽管她从事美容业，但美容师的工作只负责女人的脸，解决不了女人的气质要求。气质是从灵魂里勃发出来的。我在想，如果王先生找了这么个女人，说真的，我倒有点羡慕他，觉得他的选择是有层次的。

这时候，另一个样子有点委琐的男人端着托盘坐在那个女人旁边。他们认识。那个女人还主动地给那个男人夹自己碟子里的腌黄瓜。显然，这张坐两个人的餐桌一下子坐了二三个人，有些拥挤，于是王先生端起来自己的托盘，去了另一张桌子吃了。那个委琐的男人迅速地占领了王先生的座位，与他的女人面对面地吃了起来。

怎么讲？这就是生活。

我很快就把一碗面吃光了。这是我们这一行的特点，如果你监视的人在用餐，你也用餐，你应当先于被监视的人吃完，因为被监视的人随时都可能离去。但是，坐在角落里的王先生还在不紧不慢地吃着。好像他有的是时间，很宽裕的样子。这与匆匆忙忙的社会形成了强烈的反差。或许，他在等什么人吧？吃饭细嚼慢咽的男人是有，但是，这么细嚼慢咽的男人，还是首次见到。难道他真的在等什么人吗？

的确，整个午餐，并没有人与王先生联系。他仅仅是吃午餐，再就什么也没有了。我觉得这个王先生有点匪夷所思。一般说，秘密调查一个人，应当比其他人更了解这个人的。但是，经过一个上午的跟踪，我不仅没有对这个王先生有进一步的了解，反而更加迷惑了。

王先生从快餐店出来，站在门口想了想（我还是偷偷地给他拍了一张照片），然后，他向东边的那条街走去。那是一条繁华的商业街。利用午休时间逛商店的人们，使这条街变得拥挤起来。在熙熙攘攘的人群中，王先生的身影时隐时现，但我一直没有丢掉目标，紧紧地跟着他。

上了一个上坡之后，王先生径直去坡上的那家电影院。这是一家老电影院了，过去曾叫过乌克兰电影院，后来改叫亚细亚电影院，它就处在繁闹的商业中心，这里从来是万头攒动，人来人往，其中至少有一半以上的人是来自附近的各个县城，他们到这里来购买一些城里货，城市熏制的副食品、熟食。这个地方从来是行人成分最为繁杂的地段，下坡是火车站，上坡是老秋林商店，药店、书店、肯德基、麦当劳、购物中心、副食中心、皮鞋中心、电讯公司、邮局，以及五花八门的各种店铺、各色人等，各种小偷小摸的人。如果，在这里与人秘密见面，也是一个较为理想的地方。太清静，人太少，目标与目的就容易暴露。

王先生在影院的售票口买了一张票，然后走进了电影院。我立即买了一张票尾随了进去。我想，差不多了，另一个目标该出现了。

可能是我多年未进电影院的缘故，而今的电影院已经完全不是过去电影院的样子了。好多座位都改成了较为“隐蔽”的“情侣座”。电影院里的空气相当糟糕，卫生条件也比较差，可能是循环上映的关系，他们没办法清扫。场内的观众不多，三五十人的样子，有相当一部分人，都坐在“情侣座”上。他们主要利用这个环境进行幽会。而且这些人绝大部分是四五十岁的人。看来，人活到这份上，挺辛苦，挺艰难啊。

我选了一个靠门的位置坐了下来。王先生则坐在前排大部份空座正当中的那个位置上。目标非常清晰，就他一个人。如果把后面的那几排“情侣座”隐去，这里好像是他的个人专场似的。这家电影院上映的电影果然是循环上映的，不管观众多少，也不管空多少座位。循环上映的电影照演不误。王先生擦了擦眼镜，然后戴上，好像审片儿的官员似的，正襟危坐。开始看电影。二楼放映机的光线正好从王先生的头上过。如果有一只蚊子接近他我也能发现。

我想，是不是王先生已经发现有人在跟踪他？所以，他才在剧场内做出如此的选择，让跟踪者打消怀疑？或者，他会在电影上映途中，借上卫生间的机会，与对方相会呢？好好盯着吧。

这是一部80年代出品外国影片，拷贝很烂，看不清片头，但毫无疑问是一部悲剧式的爱情故事。公正地说，即便是80年代出品的老电影，但绝不能说它的艺术质量落伍了，可以说，仍旧是一个优秀的影片。中国当代的电影应当向他们虚心学习才好。我一边监视着王先生，一边看电影。这部片子的确很感人，看了让人难过。这时候，我吃惊地发现，王先生开始流泪了，我偷偷地用望远镜观察他，发现他的泪水正顺着面颊往下淌，他似乎完全不知觉。我完全被王先生搞糊涂了。我真的不清楚我在跟踪一个什么样的男人。我甚至开始同情这个被人秘密跟踪的人。或许，他真的有什么秘密的，或者不便告人的勾当，但至少在我看来，他是一个感情丰富，而且富有同情心的男人。这一点并不是所有的男人，包括优秀男人能够做到的，对某些男人而言，在他们眼里，只有女人，没有爱情。他们理解的爱情，就是上床。显然，王先生不是这样的男人。我想，在王先生看来，上床和爱情，肯定是两回事。爱情在他的精神世界里是纯真的、纯情的、浪漫的。不然，他掉什么泪呢？当银幕上出现男女主角再度相逢的场面时，王先生感动得泪如雨下了，不断地用手帕擦眼泪。我的眼睛瞬间变得热辣辣的，显然是王先生的泪水，打动了我。这一点我完全没有想到。

电影终于演完了，但是，令人吃惊的是，王先生丝毫没有离开的意思，又看了一遍。这一遍的“重复”，的确让我感到有点累了，说实话，在上映第二遍的时候，中间，我打了一个很长的瞌睡。当我猛然惊醒的时候，心想完了，对方一定不见了。但是我很快发现，王先生仍然正襟危坐地坐在那里，表情严肃地看着电影。于是，我离开了座位，到走廊里去吸烟。

我注意到秋日的白天渐渐地短了，电影院外面的天已经黑了，并且从远处传来隐隐的滚雷声。我不禁在心里佩服起王先生来了，妈的，这个带雨伞的王先生真是有先见之明啊。这一“特殊”本领，并不是所有和这座城市零距离接触的人都有的。只有经常贴近自然的人，才会有如此的预见。

严格地说，不是散场以后，而是王先生离开了电影院以后，我不远不近地尾随着王先生朝他家的方向走去。雨下得愈来愈大了。王先生打着伞走在前面，我穿着风衣，竖着领子，跟在他的后面，一前一后走在寂静无人的雨路上。真的，我希望他能找个地方避避雨，免得我被雨水彻底浇透。可王先生就那样不紧不慢地走着，从他的背影看，他似乎还没有从电影中的情节里“走”出来，一直沉浸在电影的某些场面里，某些片断中。民谚说，一场秋雨一场凉。我感到有点冷。我跟踪的步子完全乱了，像一个步履混乱的醉汉。我甚至为自己的这种滑稽的样子感到羞愧。

王先生一点坐车的意思也没有，就那么走。我也只好不远不近地跟着他，一直尾随到王先生的家。然后看着他走进家门后，我才悻悻地离去。

在回去的路上，我突然开始怀疑，我是不是已被王先生发现了。这个貌似憨厚的王先生特意在耍我，捉弄我，嘲弄我。是不是这样？突然有这样的想法之后，我觉得自己今天挣的这500元，有点可耻。我怎么会被这样的一个人戏耍了呢？

恐怕这是我最窝囊的一天吧。

第二天

翌日，天仍然有些阴霾。在出门之前，我认为这极有可能是一个下雨的天儿。为了接受昨天的教训，我特地带上了一把伞。我甚至觉得一个私人侦探也应当是一个天气专家。而且，在执行“任务”期间，每天都要关注天气的变化，设想在天气发生了变化之后，可能会出现的一些“意外”情况。要知道，世界上无论多么优秀的跟踪者，都是被动的，主动权永远掌握在被跟踪者手中。他们随时随地都可能“抛弃”你，扬长而去。甩掉跟踪对他们的来说是一件相当愉快的事情。

我依旧准时地在王先生家对面处等候着。果然，九点整，王先生从家门走了出来。我暗暗地骂了一句“活见鬼，又是这么准时。”但是，我很快发现，这次王先生并没有带伞。我暗自觉得自己好笑起来。我认为极有可能王先生是对的——换句话说，我似乎已经从这位貌不惊人的男人身上看到了他的某些与众不同的地方。显然，他是一个极度敏感的人。

王先生依旧慢慢地，像散步似地走着。我依旧在他对过的人行道上监视着他。走着走着，我突然有一种极大的担心，担心倘若天天如此，这算是怎么一档子事呢？没有成就感还是次要的，重要的是，长此以往，我非让他给逼疯了不可。

头一天晚上，我烫完热水澡驱驱寒气之后，躺在床上，我倒真的认真地研究了一下王先生的历史，希望从他的工作经历当中，找出一些蛛丝马迹。王先生原是一个地地道道的公务员，过去叫职员，或者叫干部。他所从事的工作很简单，就是行政秘书类。下面的报告、请示，领导的批示、指示。他处在这个中间位置，承上启下。算是个二传手。这个工作，并非不重要，但是，也并非多么重要。他每天都提前上班，免得上级领导万一早早到了单位，一看办公室没人，都踩着点儿上班，脸色会非常难看，无故地冲你发火。下班，王先生也不能按时下班，万一领导在这个时候，突然想起了什么事，要查看什么件儿，要下发什么件，要紧急召开什么会议，要临时安排第二天一大清早的工作，他居然下班了，那就糟了。所以，他必须等着领导办公室的灯熄灭了，然后，再趴在窗台上，看看领导的小车是否真的开走了。有时候，就在领导打算上车的一瞬间，突然想起了什么事，又返回到办公室来找他们，交代几句。所以，必须等着领导彻底走了，你才能走。节假日也如此，最失落的日子，下属们都放假了，没人围着他转了，请示了，他不过是一个普通人了。于是，他心里非常繁乱，一定会到单位来。没事找事，召集几个人开个什么会。这就是为什么一些官员一退休，完了，一下子老了十多岁，很沧桑的原因。由于长此以往的这种工作方式，王先生也养成了早来晚走、节假日不休息的习惯……那么，他每天早上准时九点钟出门，是不是早年工作方式遗留下来的后遗症呢？

王先生又照例来到那个报廊前，报廊橱窗里的报纸全部换新的了。他又开始逐个橱窗地看了起来。

我只好再次来到那个小卖店，老板娘见了我，像老熟人似地热情地跟我打起招呼来。

她说，来啦，喝一杯热茶吧。

我说，好的。不过，这次我得付钱了。

老板娘笑了笑，没吱声。我发现，今天的老板娘有一点变化，脸上化了妆，头型也收拾了。女人真是一个谜呀。

我照例坐在老板娘为我准备的塑料椅子上。这种情景在外人看，还以为我是老板娘的新丈夫呢。

我点了一支烟，敬给老板娘。老板娘欣然地接受了。我心里在想，这人要是没有幻想，这日子可怎么过哟。

老板娘倚在门框那儿一边吸着烟，一边神神秘秘地对我说，你看，在对面报廊看报的，总是那几位，他们天天像上班一样准时，风雨不误，就是下大暴雨，他们也来，一个打一把伞，站在那里看报。过去我认为，这真是一群怪人呀，可没想到，在他们中间还有可疑人物……

我问，他们彼此都认识吗？

老板娘说，不，他们总是各看各的，彼此不说话。怎么，你觉得他们当中谁有问题吗？

我没吱声。

老板娘长长地吐了一口气说，我懂了，是有嫌疑犯，对吧。

我心想，当然是有嫌疑犯了。不过，"嫌疑犯"这个词其实是很宽泛的，你说谁不值得怀疑呢？谁又不曾被怀疑过呢？没被别人怀疑过的人生是完整的人生么？只是说"犯"这个字用得极端了些，可是，在生活中，在婚姻中，在工作中，在友情中，极端看似是一个个的个案。其实是一种极为普通的现象。极端不应当被看作是贬义词，它是人的激情的另一种表现方式，另一种牛逼，另一种不同凡响，另一种沾沾自喜，另一种政治上的幼稚，另一种苍白的生活。

我问，这几位在报廊看报有多长时间了？

老板娘像一个女谍报员那样拈着香烟，仰着头算了起来。从她的这种状态看，人这一生对自己的设计真的是多种多样的，欲望也是五花八门的。

她说，至少有三四年了，那时候我丈夫还没有跟那个女傻子一块儿殉情呢。他活着的时候，偶尔也过马路去看看报，他主要是看副刊，副刊都是一些本市文人写的那些扯淡的东西，啧啧。但是，他喜欢看，看就看呗，有时候，他看了之后，受刺激了，回来后，嘴里自言自语的叨咕。感觉就是不服气，要不说这些败家的文人哪，酸不酸，甜不甜的，可咋整。

我说，他爱好文学？

女老板说，对。爱好写诗。我有一回骂他。我说，诗歌还能有猪头肉香啊。

我笑着问，他怎么说？

女老板说，他骂我，贼难听，没法学。有一回我在马路这边看他给那几位看报的人敬烟，结果都被拒绝了。个个都摆手，动作都一样。我丈夫这个人一阵儿一阵儿的，一阵儿人还挺热情的，对人特别坦诚，过一阵儿，完犊子了，一声不吭，整天阴沉个脸。闹人，不听劝。其实，人这一生不就是在别人的劝说下度过的么？

我听女老板这样说，不禁大吃一惊。看来，扑克的人生哲理就在民众中藏着啊。

女老板说，但我没想到他能殉情。你看，这些看报的人活得多好啊，总是一个劲儿，天天来，有滋有味的，像钟表一样准时，活得让人放心。

我同意地点点头，说，看样子，这些看报的人都是一些干部啊。

老板娘说，肯定是。要是工人，站在那儿看一眼，就走了，不会这么一张换一张地挨排儿看。

从女老板的判断中，我觉得人人都可以做一名私人侦探。这些看报的干部显然都离岗了，但是，他们多年来在机关工作看报的习惯，都无法改掉。虽然说，看报并不是恶习，但也并非是绝对良好的习惯。但是，这种“工作”方式，已经嵌入到他们的行为方式当中了，变成了他们现在的生活方式。女老板说，即便是下大暴雨，他们也过来看，这就足以说明这点。如果有一天，这个报廊被取消或者被拆除，我相信，他们当中将有相当一部分人忧郁而死。报纸已经成为他们维持生命的一个支点了。

王先生看过所有的报纸后，便离开了报廊，去了南边的那条路。我付了茶资，告别了老板娘，跟了上去。

老板娘问，明天你还来不？

那种表情似是很有期待的样子。

我说，来。

女老板说，你来吧，我事先给你烧好热水冲茶……

王先生顺这条路一直朝江边的方向走去。

大约不是双休日的缘故，江边的游人不多，三三两两。但是，这三三两两的人，看状态，也都是被喧闹的主流社会，甚至被家庭，被朋友，被事业所抛弃的人。要命的是，他们还都活着，活着去干什么呢？去单位“享受”白眼与冷遇么？去公共场所体验火热的生活带给他们的残酷么？到了他们这个年岁，朋友已经愈来愈少了，不可能对那些本来就禁不住推敲的朋友有任何期待。其实，所谓的期待，绝非求他们办什么事，不过是向对方倾吐一下自己的郁闷，心中的块垒，回忆一下过去甜美的生活片断。但是，年岁，精神状态，使得他们连这一点也做不到了，他们彼此都在心中有意无意地认为，过去的朋友不想继续交往了。他们的生活圈子越来越小了，最后，只剩下他们自己一个人的时候，就会到江边来聊度一天。他们在江边一个人待着，才会觉得放松，没有压力，才能自由地回忆过去。换句话说，有些人天天去报廊看报，有些人则天天到江边消磨时间。这个国家的老年人愈来愈多了。这种现象将有增无减，有心人拍一部这样的电影吧。

王先生找个面江的长椅坐了下来。

这时候我才发现，王先生也吸烟。

他哈着腰吸着烟，幽幽地看着江水。

我坐在他后面不远的一个石凳上，远远地监视着他。他的“情人”会在这里与他相会么？在这里相会，我个人认为，除了诗意与刺激，恐怕还有一种凄凉吧。品人生的滋味，真不是一件令人伤感的事啊。

秋之下，沿江树木的叶子大都是金黄的。加上天气时阴时晴，灿烂的阳光忽来忽去地变幻，兼以紫红和老绿，使得对岸的层次看上去极为明朗，显然王先生的灵魂已经被融进这样的景色当中了。隐隐约有点早秋的意味了。

在望远镜里，我发现一条毛毛虫落在王先生的肩上，开始，那只刚刚“摔落”在王先生肩上的毛毛虫装死，一动不动，在它确定没有任何危险后，才开始慢慢地蠕动起来，并顺着王先生的后肩部起伏行走。我突然觉得，这只毛毛虫是王先生的化身。

对面江岸上树立了巨大的广告牌，使得整个风景区充满了商业气氛。尽管如此，我仍然感觉到一泻千里的大江那种永恒的生命力和鄙视一切的个性姿态。同时，我也深深地感到了大江的宽厚，特别是对这孑孓之人的宽厚与深情的抚慰。难怪这里的先民崇拜大江，将大自然的一切都视为他们神圣的图腾。

王先生就那么一动不动地坐着，没有一个人走近他坐的那把长椅。

我突然想，他不会自杀吧？像女老板的丈夫那样去死。但是，我立刻否定了这个念头。我想，一个看了当天所有报纸的人是不会去自杀的。那么王先生独自一人坐在这里想什么呢？

中午的时候，王先生离开那个长椅，向城市里走去。我希望他能发现落在那身上的那只虫子，显然他还浑然不觉呢。那些从他后面走过的行人，大都发现了那只虫子，但没有人告诉他。

……

我随着王先生来到“食品一条街”。

在横过一条马路的时候，王先生突然奔跑起来，不顾一切地穿过马路。我被他这一突然的起动惊呆了，立刻追了过去。但是，过了马路后，王先生又恢复那种“散步”的常态，又变得不紧不慢起来。我怀疑，他是否发现了我在跟踪他。但是，我很快就否定了这一看法，因为王先生一直没有回头看。那么，他为什么会突然起跑穿过危险丛生的马路呢？他是想自杀么？如果不是想自杀，这又是为什么呢？不满足自己平稳的步履？自己刺激一下自己，改变一下行走的节奏，并从中获得一种快感，一种满足，一种高兴？

王先生找了个油饼豆腐脑的摊位坐了下来。

于是，我坐在离他不远的那个馄饨摊上。

除了油饼和豆腐脑之外，王先生还要了二两白酒和一碟卤花生米。

我心想，看来在这儿得逗留一会儿了。于是，我也要了一瓶啤酒和一碟小菜。

王先生吃得相当慢，从他整个背部看，似乎充满了男性的悲哀和绝望。他只是在活着，他必须得吃点什么，他饿了呀。

我心里有点难过。我盯这样一个男人的梢，偷拍这个男人的照片，无疑是一种强权，一种践踏，是一种野蛮的侵犯。可是，这是我的工作。工作与工作之间，除了相互支持，也包含着相互侵犯。这都是没有办法的事。

吃过以后，王先生付了钱，人家找给他的钱，他看也没看，就塞到兜里去了。是的，他并不缺钱。

我跟着王先生七扭八拐地来到一家偏僻的大众浴池。

大众浴池简陋得让人震惊，如同战地浴池。好在到这里泡澡的人不多，空空落落，反而让人心静如水。

王先生脱光了衣服，像一只褪了毛的山羊似的在我的前面走。

这时我发现，王先生的脖子、大腿、胳膊，到处都是紫黑色的伤痕。显然，这些伤痕的制造者是王太太。那么，王太太在“制造”这些伤痕的时候，他反抗了吗？就那么一动不动地让她掐，让她发泄么？王太太在指责或者中伤他的时候，他辩白了么？如果不辩白，他为什么选择沉默呢？

可怜的人哟。他是否被王太太真的抓住了什么把柄么？他为什么不选择离婚呢？他惧怕什么？他必定已经退休了，而且，当代之离婚已经没人歧视了。办离婚手续相当简易。甚至有人在说，离婚是支持房地产业的发展。离婚前是一个住房，离婚后必须再有一个住房。而现在，有许多空房多年卖不出去。

王先生选了个热水池泡了起来。

我在对面的那个温水池里监视着他。

我发现进到热水池里的王先生很快出现了昏昏欲睡的样子，可能是热水的作用，他的脸开始是红色的，接着，逐渐变青，眼神儿迷离起来。我想，他可能要睡了，那可就危险了。我立刻对旁边的一位浴客说了王先生的这种危险。那个浴客立刻过去拍了拍王先生的肩头，大声地说，喂，不能在热水池里睡觉，否则会呛死的。

惊醒了的王先生立刻回到了现实，像一只山羊似的从热水池里爬了出来，去了淋浴那儿开始打肥皂洗涤自己。

我也在离他不远的地方简单地把自己处理了一下。

王先生洗过之后，回到了自己的木床上，像一具尸体那样平躺下来，盖上毛巾被后，很快就睡熟了。

不到三十秒钟，王先生这个小个子竟发出那么大的鼾声，以致使所有在大堂里休息的浴客都扭过头看他。他睡得是那样的好，间或痛苦地痉挛一下，然后，又恢复了平静。

我记得我和王太太谈价钱的时候，我注意到她的家里有卫生间啊，可为什么他不在自己的家里洗呢？显然，这里让他感到安宁。我躺在他的对面研究着这个我跟踪的对象。通过两天的跟踪，我似乎得出这样的一种看法。这具像死尸般入睡的男人，已经活明白了。他对待自己面临的困境，是不再痛苦，不再苦闷，不再痛不欲生了，然后，他似乎并不是因此而变得麻木起来。他是在积极地生活着。他对自己相当的尊敬、看重。他已经把自己所面临的所有的困难作为一种“消费品”进行逐条分析，并从中得到某种乐趣儿。他似乎已经非常清楚自己一定不要被困境所欺骗，他必须要拥有完全属于自己的生活。他将自己每天必须面对的困境，逐一地进行检索、分析，并在这一过程中把它们变成一种精神佳肴进入自我消费。如果真的是这样，这就太令我震惊了。中国式的阿 Q“活”到当代，显然已经大大地进步了、丰富了，那种“只当是儿子骂老子”的做法，不再适用了，当代的阿 Q 已经进入到了一个更高的层次，即消费困境。不然，他会睡得这么踏实么？

王先生一直睡到晚上才醒过来。坐起来之后，他开始用双手搓脸。然后，有条不紊地一件一件地穿衣服，动作非常缓慢，但是，有章有法。

我们一前一后地走出浴池，城市已是万家灯火了。

王先生朝着自己家的方向走去。显然，他并不着急回家，有时候还站在交叉路口那儿，看一会儿交通民警指挥车辆。

这是个彩色的夜晚，整个城市到处都有霓虹灯闪烁。王先生像一个不被人注意，却被人偷偷跟踪的幽灵，在彩色的世界里走走停停，停停走走。

将近晚上十点钟，他才回到自己的家。

一天的盯梢让我感到沉重。我逐渐地开始明确无误地感觉到人与人的活法有多么的不同啊。这时候的感觉相当矛盾、相当纷乱、相当古怪，我陷入一种选择的困境当中，愉快？痛苦？伤感？无奈？敬佩？都是，都不是。

第三天

我在远处看到王先生准时离开家后，立即来到王先生的家。

王太太见是我，神情略有些紧张地把我让进屋里去，但我拒绝了，就站在那个门斗下。

王太太问怎么样？发现我丈夫有什么问题吗？

我并不急于回答她的提问，把两天跟踪的文字材料、照片交给她，说，请过目吧。

王太太迅速地翻阅这份材料。然后，抬起头来，吃惊地问，怎么，就这些，是全部吗？

我说，对，全部！

王太太问，那我丈夫他没有什么可疑的迹象吗？

没有。准确地说，一丁点也没有。

为什么？

我怎么知道。我个人认为，你丈夫完全可以信赖。

我接着说，王太太，请付款吧。

王太太立刻取钱，并多给了我五十元，想了想说，请您为这件事保守秘密，求您了。

我说，当然。

然后我就告辞了。

出于好奇——不好奇的人生还是有趣儿的人生么？傍晚时分，我再次悄悄地来到了王太太的住宅外面，在一旁监视着。

王先生终于出现在回家的路上了，我一看表，已经十点多钟了。我目送他进了家门。

在窗户外，我看见王太太泪流满面地拥抱了王先生，嘴里不断地说着什么。王先生则一动不动。看上去，他似乎有点不耐烦，是在默默地忍受着太太的突如其来的拥抱。

我感到，这时候的王先生，无论是他的身体，还是他的精神，都已经是神圣不可侵犯的了。他已经拥有了完全属于自己的精神世界了。

我离开了窗户，点上了一支烟，独自地走在大街上。看着万家灯火的城市，我无法估计出，这座城市里究竟有多少像王先生这样生活着的男人。

最后，我去了那个便利店。便利店已经打烊了。我虽然有些犹豫，但还是敲了门。很快，女老板打开了门，脸上充满了胜利者的光泽。

她说，我知道你一定会来……

纸风车

我认识一位非常好的老干部，他只要开会发言——开会他肯定会发言，发言的头一句话肯定是“我在延安的时候”。其中，延安的“安”字不读安，读“南”。特别有意思。有一阵子，常听到一些中老年人说“我下乡在兵团的时候”怎样怎样。这些年，在各种场合又常能听到的话是“我念大学的时候”如何如何。我一听到这样的话灵魂就不端庄了，心里就乐得直打滚儿——可是，这有什么可乐的呢？难道人家说的不是事实吗？

荒唐，荒唐，荒唐。

萧远念大学的时候——你看，这句话是避不开的，萧远和袁侃是同学，都是中文系的。按说中文不读也行。一个人如果立志从事文学，念到初中二年级就可以了，找几本书看看，应付一下中文界的事是没问题的。当然，还是读大学好，有老师在讲台那儿哇哇讲，你带着两只耳朵听就是了。省事。其他的时间该玩玩，该喝喝，该参加诗社参加诗社，该处朋友处朋友。其实，上大学就是给一个人放四到五年的长假，一定要消费好每一天。毕业以后的日子交给命运啦。

萧远和袁侃念大学的时候是朋友，都喜欢写诗。其实，所有的在校大学生都喜欢写诗，不喜欢写诗或者不喜欢看诗的大学生不是真正意义上的大学生，是伪大学生。这就像不逃学的学生不算真正的淘学生一样。不过，喜欢写诗或者喜欢读诗不一定要成为诗人，也有后来成为诗人的，但那是极个别的。倘若各个大学每一届毕业生净出诗人，把数理化之类的武功全废了，那社会就乱了，肯定不像话了，青年学子们全都吟着诗在街上走，那成什么样子，荒唐！而且当今又不是一个以诗取士的时代。我想，这也是校方和上级有关部门不那么喜欢诗人的一个原因。只是校方他们没有办法，也没招制止。好在大学生毕了业就不一定喜欢诗了。这是肯定的。同学们都步入社会了嘛，要开始修身、齐家、平天下了。

萧远和袁侃的所谓喜欢写诗也就是那么回事，仅仅是一种被校园时髦的文化短期地感染了一下而已。是并不严重的诗患者。除了诗歌以外，他们两个还都喜欢打排球。不过，打也是瞎打，打起来愣头愣脑的，有些动作像被地雷炸飞起来的鬼子。他们毕竟是中文系的不是体育学院的。特别是萧远，个子不高，懒懒散散的样子，身上的各个骨头节似乎都用麻绳对付地拴着，走起路来骨头像散了架子似的。带他打排球除非是缺一个人，再也找不到别人了才把他算上。不过，他也偶尔出现过好球，凌空一跳，扣杀！让同学们吃惊。但是这种好球仅仅是偶尔。就像某大学教授张口来一句“我日你大爷！”也仅仅是偶尔而已，整体上还是一个文明的教授。

袁侃与萧远不同，袁侃长得酷，打扮也酷，个子还高，虽然球打得一般化，但风度好，有一种国家二队，即国家青年队队员的“范儿”。走起路来像一只仙鹤，人送外号“鹤步”。多情的女生见了他总是很羞涩的样子，巧笑倩兮，美目盼兮。虽然袁侃和萧远是朋友，但袁侃从不把萧远放在眼里，他的姿态太居高临下了，以至有点像话剧舞台上的那种蔑视的味道。但萧远这孩子没感觉。如果萧远打出好球，袁侃会立刻酸下脸说，靠，懵的！萧远说，是。

但这并不能说萧远没有可爱之处。萧远也挺可爱的，长着一张娃娃脸，像刚刚出炉的奶油小面包，嫩嫩的、软软的，谁都想香香地咬上一小口。许多女生，有心事了，闹心了，失恋了，转不出来了，都喜欢跟他说，觉得跟他聊安全。但是真正爱上萧远弟弟或萧远哥哥的，一个没有。

一高一矮的袁侃和萧远，在大学校园里形影不离。而且两个人无话不说——或者说是萧远跟袁侃无话不说，是竹筒里倒豆子——毫无保留，是胡同里赶猪——直来直去。上食堂呀，泡吧呀，逛书市呀，吃消夜呀，远足呀，两个人像买一赠一的牙膏似的总摽在一起。

萧远的家庭经济情况要比袁侃更好一些。其实，两个人的家庭经济情况都很好的，而且家都在本市，钱不十分的愁。因此他们懒散也好，迈鹤步也好，打排球、写诗也好，酸脸子也好，都是有经济基础的。甚至连一个人的表情都是其经济基础的证明。

但是，大学生活也像军队的战士一样，过的都是没有父母的生活。所以，必须要有朋友。如果一个大学生念到大四还没有一个朋友，那就得去看心理医生了。这就像鱼和水的关系一样，水就是朋友，水就是友谊。不过，像分餐制一样，水里的鱼们并不是绝对平等的：鲸鱼不尿鲨鱼，鲨鱼不尿海豹，海豹不尿海豚，海豚不尿王八，王八不尿蟹子一样，总是有区别。但是，都生活在水里，谁离开水也活不了。朋友关系如此，国家关系也如此。

迈鹤步的袁侃和懒散的萧远是同在一座城市里念的大学。这座美丽的城市叫哈尔滨。哈尔滨是一座非常优雅的城市。尽管在历史上这里没出现过什么特别了不起的人物，但仍不失其优雅的姿态。总之，哈尔滨是一座有风度的城市。不错，是有人张口就骂人，但那是个别的。

迈鹤步的袁侃和懒散的萧远所读的大学在哈尔滨的“郊区”，即学府路上。先前的学府路是极幽静的，那条长达十几公里的街上，手拉着手有好几所大学，还有不少这“好几所大学”所孤雌繁殖出来“子学院”。汽车经过那里是禁止鸣笛的，咣！咣！敲锣也不行，放鞭炮也不行。现在全变了，像美国的拉斯维加斯赌城一样，这条学府路相当繁华，相当热闹。全世界的大学的周边情况也没有这么火的，像跳蚤市场一样，附近的很多设施一点文化修养也没有（即便是“新华书店”和“电子大世界”也让人有缺氧之感）。可是它们来了，投奔你来了，定居在这里了，你咋整呢？比如那种私人开的、专门为恋爱中的大学生提供服务的钟点屋，一家一家的，它们像一篇文章的各种标点符号一样的出现在这条街上，客房可以事先电话预约，业主们跟大学生都混得很熟，总开玩笑。让人惊讶万分的还有不少打扮得像小花狐狸似的女个体户，一来二去的，竟成了一些本科生、硕士生、博士生的妻子！有的都有孩子啦，大一点的孩子可以照看柜台上的生意了。这种样子，相信很多文化人反对的。可反对有什么用呢？世界上有很多事情就是在前辈们的反对声中茁壮成长起来的。啥也别说了，人心不古哇。

但是，大学生活永远是美好的，是永远让人怀念的：那条街，那棵树，那个公车的车站站台，那辆扔在校园里的破自行车。遗憾的是，猛一回头，该毕业了，要离开自己生活了四年的大学校园了，真的非常非常心慌，真的非常非常泪水，真的非常非常委屈，真的非常非常想再念下去，念下去。可是不行了，船到码头，车到站了，该下车了。十里长亭终有一别，要走向社会了，要他母亲的开始自谋生路、自食其力了。那时候，在毕业生中间特别流行哈佛大学那个小笑话：一位刚刚参加完毕业典礼的哈佛学生激动异常，认为在社会上肯定机会无限。他上了一辆出租车，热烈地和司机握手："你好，我是哈佛 2003 届毕业生。"司机说："你好，我是 1983 届的。"

但是，正如俗话所说的那样，"有福不用忙，没福跑断肠。"迈鹤步的袁侃和懒散的萧远那一届中文系毕业生，差不多百分之九十以上（除了留校和继续读研的），全部被"分配"到了报社、电台、电视台。为什么会是这种样子呢？道理简单得让人直跺脚，因为这一届大学生正赶上了省内几家新闻单位老职工退休的高峰期，有的部门专题报道组的老人都退光了，电话铃总响没人接了。这种情况对刚刚毕业的中文系大学生来说，简直是把德国的狂欢节拿到哈尔滨各大学的中文系里来办了。

吉人天相，萧远和袁侃等十几个同学，一块儿被分配到了

W 报社的新闻部。萧远和袁侃本想到 W 报的副刊部工作，两个人毕竟有一点诗歌的底子，而且在念大学的时候还分别在本市的《诗林》和《北方文学》上发表过几首诗。像萧远的《我懒散，我存在》，像袁侃的那首诗《我吃你盘子里的》，发表出来以后，反响还都不错呢。特别是萧远那句“我懒散，我存在”，成了大学生中的流行语。而袁侃的那句“我吃你盘子里的”，也变成了大学生食堂里的一句箴言。迈鹤步的袁侃的确像他写的这首诗一样，经常吃别人盘子里的好菜。显然这不是经济问题，而是袁侃的个性。其中被袁侃吃的次数最多的当然是萧远。萧远是袁侃的影子，袁侃一迈鹤步，懒散的影子萧远也跟着动了。懒散的萧远很聪明，他到学生食堂买两菜，即便是让袁侃吃掉总量的一半，自己还有一半儿呢。就是饿不着！

但是，社会毕竟是社会，特别严肃的。用东北话说，社会不是你想咋地就咋地的社会。像踢足球似的，看着运动员到处疯跑，进了球又空翻又画十字的，但那是有规则的，乱来不行。最后，迈鹤步的袁侃和懒散的萧远在人事部部长鹰一样的眼睛注视底下，还是乖乖地到新闻部报到去了。

一般说，青年人到新闻部工作日后才会有发展，至于副刊部、少儿部，那都是瞎扯淡，没戏。这俩傻小子。

新闻部的王主任是一个刚三十岁的女人，人长得漂亮，冷丁看，有点像美国电影明星莎朗·斯通，非常性感，不过也很严肃。这大抵是女报人的基本属性。王主任开始逐个找这些新报到的大学生谈话——这是规矩，也是她的工作。再说了，一个大学生自打上班就没人找你谈话，那也太可怜了。而且，我们的社会，我们的机关，我们的报社从来就不是这种样子。谈话是我们国家上层建筑的传统。

这天轮到懒散的萧远去谈话了。

进去之后，王主任正在接电话，主任的那条修长的大腿搭在写字台上，见萧远进来，并没有将腿收回来，这个职业女性已经过了羞涩期了。只是用夹着油笔的手示意萧远先坐下等一会儿。

主任接的这个电话很长，感觉内容有点庞杂。好像所有女性的电话都挺庞杂。萧远规规矩矩地坐在那儿一动不动。还是当年刚到大学报到时的样子。这时，王主任又用夹着油笔的手示意萧远自己去矿泉水机那儿压点水喝。萧远理解错了，以为王主任要喝，便起身去矿泉水机上接了一杯水，放到王主任的写字台上。

王主任妩媚地笑了，对萧远说，咋，刚毕业就学会给领导溜须了。

萧远说，主任，您不是要喝水么？

王主任放下电话，赞许地点点头说，好，反应挺快，而且讲得也有道理，是个干记者的料。你叫什么？

萧远。

你知道我叫什么吗？

王主任。

全名呢？

全名……

我叫王晏。

其实，萧远知道王主任叫王晏，也知道她先前叫王燕，后来改叫王晏的。这种改名字的事在全国各大媒体的女性当中特别流行。

王主任说，走神儿了，你在想什么？

萧远说，没想什么，正在听您说。

王主任问，你还记得你上大学头一天的情景吗？

萧远说，记得，那天突然下起了雨，我穿着一双白球鞋……我很为难，不知怎么办好，又怕把鞋弄脏了，又不能不走路……

王主任说，好。在我这儿就一句话，好好干，无论干什么事都要事先请示，事后汇报，而且不分昼夜。干不好，卷行李卷儿走人。懂了吗？

萧远说，懂了。

王主任说，好，你出去吧。

萧远出来了，觉得这哪是谈话，就是威胁一下自己。

……

袁侃的情况跟萧远差不多。略有一点不同的是，王主任还问了袁侃有没有女朋友。

袁侃说，没有。

王主任说，那——萧远呢？

袁侃说，萧远也没有。

萧远问袁侃，主任问这个是什么意思？

袁侃说，好色呗。这是第六感告诉我的。

萧远说，不会不会，弄不好是想给咱们俩介绍对象吧？现在社会各界给大学毕业生介绍对象都介绍疯了。

袁侃说，开什么玩笑。如果用正派的思路分析王主任说的话，就是，她不希望咱俩有女朋友，这样就可以全身心地投入到工作当中去了。兄弟，新闻部的工作可是贼忙啊，这之前，W 报社已经累死了一个光要荣誉不要命的伙计了，听说那家伙还没成家呢，而且从未和异性同居过。

萧远说，不过……

袁侃说，不过你还是想像念大学的时候一样，混日子。对不对？

萧远说，不行我就不干了，我也不是战俘。

袁侃说，兄弟，还是策略一点吧，这儿不是大学校园。见了她咱们就装小学生儿，装幼稚，装啥也不懂，装不成熟，而且是一副忙得要晕死过去的样子，只要她一走，咱们该咋玩还咋玩。再说，咱也真是小学生、真幼稚、真啥也不懂、真不成熟……

萧远说，要不，先找个女朋友？

袁侃不禁吃了一惊。

萧远说，我们已经成熟了，在这方面没必要再扮嫩了。

袁侃听了笑得不行了，说，哥儿们，看不出来，刚走向社会，出语惊人哪。

由于本城的各大媒体都进了大量的新人，因此，建立一种全新的工作秩序就成了这些媒体的第一课。过去多年来一直未能改变的老的工作方式、老的用人方式、老的规章制度以及那种吃大锅饭的老的付酬方法等等，之所以不能动，是因为那些像礁石一样的老职工们都健在，改革之船无法行驶，一行驶就触礁。干不过他们，他们是一伙不屈的灵魂，咋说也不灵。现在好了，都他娘的走了，一个个都驼背了，日落了，渔舟唱晚了。总算可以开始打一个痛痛快快的翻身仗了。

而迈鹤步的袁侃和懒散的萧远进入到报社的时候，正是W报社实施改革的亢奋期。那些日子，W报社几乎天天开会。过去是老领导喜欢开会，可这一拨新领导也不差哪去。其中不少新领导特别沉迷于开会，沉迷于讲话，沉迷鸡毛蒜皮、家长里短、风言风语。而且，空话、虚话、套话、半生不熟的话，占五分之三，翻来覆去，总是那些话，任何场合都是这一套，中间肯定加上几个新词，什么“建构”，什么“拉动”，什么“这一块”，像新上市的股票似的来回翻炒。好像衡量一个干部的标准不是能不能干事，会不会干事，重要的是会不会讲话。哇哇哇讲完了，痛快了，下班之前就开始码人，到这个大酒家或者那个大饭店，喝酒。天顶天儿的，一天不落。不过，话又说回来，并不是都弄得一团糟，都弄得像说书房似的，绝大多数部门的改革做得还是挺严肃的、挺优秀的，甚至挺人性化的，颇有欧美之风，颇有全球化的姿态，还保持着中国特色。总之，大江毕竟东流去，整个媒体的工作秩序发生了重大变化。

这样闹闹糟糟，沉沉浮浮地过了半年多之后，某星期一早晨刚一上班，萧远被王主任第二次叫到她的办公室。

此刻，外面的世界正好是暮春时节。所谓的暮春时节在哈尔滨，就是早春时节的模样。与之比邻的俄罗斯滨海边区的春天也是这样，因此，俄国人在一首歌中唱到“五月美妙，五月好，五月叫我心欢畅”。然后是欢快地“啦啦啦……”这首歌特别适合浪漫的俄罗斯人，似乎也暗合了王主任此时此刻的好心情。

王主任的办公室里春光乍泄。主任的写字台上多了一个大花瓶，花瓶里插着一束鹅黄色的迎春花，一束之下，伊人无比的烂漫。

王主任见萧远在看那瓶花，问，喜欢吗？

萧远说，喜欢。

王主任说，我也喜欢。

萧远问，主任找我有事？

王主任说，哦，你马上回去准备一下，明天一早跟我上广州。

萧远，广……

王主任说，不、是、广、岛、而、是、广、州，坐飞机去，一会儿你把你的身份证号告诉办公室，让他们订票。有问题吗？

萧远，没……

王主任，太突然了？

萧远说，不是不是。好，我马上回去准备。

萧远刚要离去，王主任突然问，袁侃这个人怎么样？

萧远说，挺好。

主任点点头说，年轻人什么事都写在脸上。好，没别的事了，你去准备吧。

晚上，在松花江南岸的一家被春花簇拥的小酒吧里，袁侃给萧远饯行。饯行在古人中挺盛行的，中间停了一段儿，现在小知识分子又把这一习俗捡起来了。迈鹤步的袁侃和懒散的萧远他们在一起喝的是俄国的伏特加。其实伏特加并不咋好喝，但这是时尚，不好喝也得说好喝。

萧远把主任白天问他的话告诉了袁侃。

袁侃若有所思地说，看来，我有可能吃她盘子里的了。

萧远笑着说，瞅你想到哪去了，离谱了。

袁侃说，知道不，要想把一个女人拿下，首先要对她有详细的了解，然后才能做出正确的选择。

萧远说，你了解到什么了？

有兴趣？

有兴趣。

袁侃说，这半年，我在W报社就干了一件事，尽可能地去了解每一个人。告诉你一件奇怪的事，咱们报社的人，包括王主任周围的朋友，包括她念大学时的同学，没有一个人见过她的丈夫。

萧远问，那她到底有没有丈夫呢？

袁侃说，当然有丈夫，而且至今还在一起生活。神秘得很。

萧远试探着问，再来一杯伏特加？

袁侃说，好！那就再来一大杯。对了，加冰块。

萧远说，我知道。

……

接下来就不再是饯行的味道了，春江花月夜似乎也消失了。迈鹤步的袁侃跟萧远讲述了这半年他从各个渠道所了解到的有关王主任的一些情况。

原来，王主任、王晏——即王燕，和袁侃、萧远念的是同一所大学，并且都读的是中文系。当时，王晏的家是一个个体户，专卖各种食品添加剂，小门市不大，但生意不愠不火还算正常，老的少的，总有人来买。而今，在美丽的哈尔滨，做大蛋糕、大面包、大馒头、大花卷、大烧饼的个体户作坊越来越多了，像江边的蚊子似的根本挡不住了。另一方面，一天三顿面食全都由自己动手蒸的古老人家也越来越少了，不少会蒸馒头的人都过世了。在过去，人们必须接纳面碱，在当代，就不可避免地要遭遇食品添加剂。显然，王晏一家选择做食品添加剂的生意是正确的。而食品添加剂又是使面食产品又白、又暄、又出数的重要原料。彼此像人和氧气、鱼和水的关系一样。关于做食品添加剂生意的点子，是他们念大学的独生女儿王晏提出来的。她向父母举了旧上海面碱大王发迹的例子，说服了父母开了这家专卖食品添加剂的小门市。正是这个小门市立竿见影的收益，使得王晏摆脱了念大学时的那种捉襟见肘的日子。

但是，正像那则古代寓言一样，螳螂捕蝉，黄雀在后。不久就风吹别调，出问题了。不是店出问题了，店只是一个载体，而是店老板的女儿王晏出问题了。

在王晏念大学的时候，放寒暑假或者双休日的时候，她总是抽空帮父母站站柜台。她是一个颇有心计的女孩子。她在想，既然开这个专卖店的主意是她提出来的，那她就应当以此为出发点，搞一些社会调研和社会实践，从而进一步了解与预测中国面食界的新走向、新追求，从而改善专卖店的经营策略，把事业做大做强。女大学生王晏心中有了这样一个课题，于是，只要有人登门买添加剂，她就主动跟人家攀谈，聊一聊质量啊，品牌啊，利弊呀，等等，掌握一些新动向，了解一些新信息。当时王晏思考的毕业论文题目是《中文专业如何为社会的经济发展服务》。的确，光学《楚辞》有什么用？楚辞能让中华民族二次腾飞么？她在这篇论文中还设计了几个小题目，如，“融入与策应”，“引导与介入”等等。王晏相信这一定是一篇A级论文，其特点是，勺中见月，以小见大。

也可能是那一段时间王晏走的路太理性了，当一个人的“理性行为”出现盲目冒进的时候，感性的东西就会不期而至，进行介入、融入，对“理性行为”做出必要的调节，从而使一个人的感情生活焕发出活力。就在这个看似很平凡但又肯定是特殊的时期，一个男人走进了王晏的感情世界。

这个男人比王晏大五岁，齐齐哈尔人。在T桥的菜市场里开了一个专做各种糕点的手工作坊。这小子是个孤儿。但这种特殊身份恰恰成了他获得爱情的通行证。他固定在每个星期六到王晏的专卖店买食品添加剂，像面粉增白剂、营养素、增香剂、甜剂、膨化食品调味料等等。这个男人不爱说话，进了专卖店里从上衣口袋里掏出一张皱皱巴巴的纸片，需要买什么都在纸片上写着，念完了，直视着王晏的眼睛等着，什么也不说了。

萧远问，这家伙长得怎么样？

袁侃说，这正是问题的关键所在。这个人长得极丑，注意，不是一般的丑，是极丑，而且眼睛里有一股凶光。用王晏母亲的话说，长得像鬼一样。

萧远说，你是说他们两个恋爱了？

袁侃说，不仅仅是恋爱，最后发展到王晏离家出走，那小子连糕点作坊也不要了。

萧远问，为什么？

袁侃说，黑格尔曾经解释过什么叫爱情：爱情就是一个人的特殊癖好和偶然的心血来潮。

萧远问，那王主任来潮的是什么呢？喜欢对方的蛋糕？我倒是听说过，有的女孩子因为喜欢吃，嫁给了大师傅。难道这个长得像鬼一样的糕点师每天给王晏送的蛋糕里放大麻，先让她上瘾？然后让王主任摆脱不了他……一般说，个体户都是很有想象力的。

袁侃说，当时正在念大学的王晏喜欢对方两点，一，孤儿，二，沉默。如果再加上一点的话，就是这家伙每次走进专卖店念完了纸片上要买的食品添加剂之后，都直视王晏的眼睛等着。要知道，这双直视王晏的眼睛里有一股凶光。

萧远说，我靠！这叫什么？如果我直视王主任的眼睛她就能爱上我了吗？

袁侃说，王主任不喜欢你这种嫩黄瓜纽似的小男人。她喜欢的，我估计是那种模样长得像水雷似的鲍鱼，外面锈迹斑斑，丑陋不堪，但里面很鲜。

那王主任的父母同意吗？

袁侃说，王晏的父母当然极力地反对了。那叫大学生啊，如花似玉呀，嫁给这么一个丑家伙，活傻了？疯了？老爹不但要和王晏脱离父女关系，而且还要老妈同她脱离母女关系。一切都乱了，山崩地裂，世纪末了。

白热化了？

对。在这种情况下，王晏大学毕业之后，两个人立即去了齐齐哈尔，并在那儿又开了一个蛋糕作坊。当然也同居了。不过，一年之后又回来了。

发财了？一口袋太平洋卡。

伸着仙鹤腿的袁侃说，没有。跟过去一样，甚至不如过去。

为什么？

不为什么，主要是齐齐哈尔人民不喜欢吃蛋糕。这一点办法也没有。而那个长得像鬼一样的家伙除了做蛋糕，除了孤儿的身份，除了沉默，除了眼睛里有一股凶光，其他啥也不会。就是说，他的这些优势武器里没有子弹。咋整吧？不过，那家伙的蛋糕做得的确不错。只是到此为止了，绝对成不了蛋糕大师，仅仅是一个手艺不坏的手艺人而已。两口子回来以后，可怜天下父母心哪，毕竟王晏是他们的独生女儿，没有女儿的生活还叫生活吗？就这样，王晏的父母接过他们手中的旅行袋，让他们换上拖鞋，收留了他们。当时外面正下着小雨，苍天总是很适时地配合了人间的这种悲天悯人的气氛。但他们始终没有举行过婚礼。有一次大学同学聚会，同学们发现王晏烫头了，烫的并非是时尚流行的发型，而是那种类似小狮子狗式的、传统的卷发，一问，才知道她已经结婚了。可是谁也没见过她的男人，她也从不带糕点师出席同学和朋友的聚会。

那他们回来干什么呢？

回来之后，这家伙继续干他的老本行，并且将两铺子合到了一块儿，这边卖食品添加剂，那边卖各种糕点，整个一个微型托拉斯。而王晏去了咱们W报当记者，然后，当主任记者，再然后，当主任。很能干。但报社没一个人见过她的私人糕点师。

就这些?

就这些。

萧远说，可这有什么用呢？说到底咱们还是她的下属。

袁侃说，古人说，知己知彼方能百战不殆。这次，你跟主任去广州，就是一个很好的了解她的机会。

萧远说，累不累呀？让我去不过是给她当跟班儿。我也不想了解她。没劲。

袁侃收起了仙鹤腿说，你小子是改不了没出息的毛病了。到任何单位工作，你得把主管领导了解个透才行哪。什么事都不走心那还行？木头。

两个聊到很晚，才跨着醉态晃晃悠悠打车回家。

翌日，懒散的萧远至少提前了两小时，乘机场的大巴去了哈尔滨太平国际机场。而王主任当然是坐小车去的。当官的骑马，战士走路，绝对平均主义是错误的。王主任是掐着点来的，到的时间正好，换了登机牌，通过安检后不长时间就开始登机了。由于两个人换票的时间不在一起，所以座位也不在一块儿。这也是萧远有意而为之的。他不愿意跟领导坐在一块儿，背遭芒刺一般，浑身不自在，活遭罪。领导倒不在乎这种事，跟下属坐在一起旅行，想怎么样就怎么样，想要可乐要可乐，想要牛奶要牛奶，随便得很。如果同行的下属会来事儿，一路上还会把自己伺候得舒舒服服的。不仅仅是身体舒服，精神也舒服，心情也好。而且这种状态对下属有利。

小嫩黄瓜纽儿萧远坐在一个靠舷窗的座位上，他觉得这样子太自在了，像尾号中了三等奖似的，想睡就睡，想喝就喝，想上洗手间，就推推旁边的那个旅客说，唉，哥儿们，醒醒，我上洗手间。如果跟领导坐在一块能这么说吗？就得硬憋着，等领导醒了再说。如果领导醒了又马上站起来去洗手间，你就得再忍一会儿，等领导方便回来之后再去。如果领导去，你也去。这成什么话。所以，只要跟领导出门旅行，作为一个下属，心里又绝对没有升官的欲望，就尽可能地不要跟领导坐在一起。你可能会永远地信赖领导，但领导却不会永远地信赖你。这是基础知识。

这空中的一路上，萧远过得很痛快，仿佛又回到了调皮的大学时代，把一个旅客的权力发挥到了极致。他不断地按铃“麻烦”空中小姐。

这位被他叫过至少两三次以上的空姐，态度像联通公司发给顾客手机的彩信贺卡里的美女一样，永远是那么和蔼可亲，一点厌烦的表情都没有。

请问，先生需要什么。

萧远瘫坐着身子说，可——乐。

好的，请您稍等。

说完，空姐转身去给他取可乐。

萧远的确很喜欢喝可乐。这次遇到不花钱的可乐，坐飞机又百无聊赖，于是就不断地按铃，不断地喝。如果这位空姐的态度不好，那好哇，正好可以写一篇文章。记者嘛，就得善于发现。如果没什么可发现的那就制造一些发现。即不能守株待兔，也不能姜太公钓鱼。

只是，由于萧远喝的可乐过多，不得不多次起身去洗手间。

机舱的洗手间附近，正是空姐们小小工作间的所在地。萧远每次经过那里，都和那个给自己送可乐的空姐打照面。开始，两个人的表情还都正常。但是，萧远几次三番地上洗手间，终于让那个空姐忍不住笑出声来。

萧远从洗手间出来问，刚才我进洗手间的时候，你笑什么？

空姐说，没笑什么，没事的。

萧远说，你是不是笑话我？你是认为我可乐喝多了，才不断地上洗手间……

萧远这样一说，竟让那个空姐再次忍不住笑了起来，这个空姐也想停下来不笑，毕竟是空姐嘛，但做不到了。搞得萧远也跟着笑了起来。

两个人笑完了，萧远对那个空姐说，把你们的意见簿拿来，我要给你们提意见。嘲笑旅客，不像话。你叫什么名字？

这下那个空姐一点也不笑了，说，我姓季，叫季明明，19号胸牌。先生，请您回到座位上稍等，我马上给您送过去。

萧远回到座位上，果然，那个空姐将旅客意见簿送了过来。萧远取出笔，填写完之后，递给了那个空姐。那个空姐拿了意见簿边走边看，然后，回过头来冲着萧远嫣然一笑。原来，萧远在意见簿上填写的全是表扬的话。

当萧远再次去洗手间的时候，空姐季明明说，谢谢您，先生，您还是位报社的记者。希望能给我们多提宝贵意见。送给您一份旅客优惠卡，凭着这张卡，您可以在全国各大酒店打6－9折入住。

说着，季明明将一张卡和一本说明书送给了萧远。

萧远回到座位上之后，才发现说明书里面用油笔写着季明明的手机电话号。附有一句话，记者同志，希望您多报道我们机组，改进我们的工作，常联系。季明明。

经过三个多小时的空中飞行，飞机抵达了广州的白云机场。飞机着陆以后，下飞机的时候王主任问，萧远，怎么，肾不太好啊？我看你总上洗手间。

萧远不自然地说，不是，可乐喝多了。

喝多少？

十几杯。

不多。

……

这次王主任去广州的目的，就是考查，了解一下子广州各大媒体的内部改革措施。到广州来既无重要任务，也无重大使命，“工作内容”比较轻松。懒散的萧远就是跟着走，王主任上哪儿他就跟着上哪儿，主任让他记录他就记录，主任吃他也跟着吃。但尽量不同主任坐在一桌，跟司机一桌。而且是吃吃停停，停停吃吃，搁眼睛瞄着一点，看主任那边有什么事没有，有了，立刻放下筷子过去听吩咐。就是上演一回主任的马仔。主任上哪游玩观光他就负责给主任照相，这样姿势，那样姿势，萧远发现主任挺会摆姿势的，而且有好多姿式都是从画报上的模特克隆下来的，很动人，确实是一个个靓丽的瞬间。然后，晚上回到宾馆各睡各的房间。先冲着洗手间的镜子爱抚地抽自己一个嘴巴，然后，泡个澡，睡觉。第二天早晨，他半插在被窝里看看电视的新闻，记者嘛，不能总当马仔呀，短暂的愉快也是愉快呀。短暂的愉快完了，起来，然后去轻轻地敲主任的房门，说“主任，早餐时间快过了，吃早餐了。”主任在里面嘟嘟哝哝地说“小伙子饿得就是快。你先去吃吧。”他兀自捂嘴一乐，小嫩黄瓜纽儿像纸飞机似地轻快地飞下楼去，独自一人到自助餐厅去享用宾馆提供的免费早餐。

广州的日月自古以来就是短暂的。真是不知道怎么理解广州好。

临回去的头一天晚上，萧远主动去敲了王主任客房的门。萧远进去之后，看到王主任正穿着一件极有品位、也极浪的睡衣盘腿坐在沙发床上看那些从兄弟媒体收集来的各种改革材料。

萧远觉得主任真的很漂亮，很有风情。但是，嫁给一个鬼一样的、眼睛里冒凶光的糕点师——是个性的特殊癖好？是偶然的心血来潮？心里的眉毛拧成了一个疙瘩的萧远觉得还是有点匪夷所思，觉得不可思议。

萧远说，主任，我想把这几天的花费向您汇报一下。

主任看着萧远那个小嫩黄瓜样儿，笑了。从烟盒里抽出一支烟，她本想自己点上，但停住了，把打火机放在床头柜上，对萧远说，来，把烟给主任点上。一点眼力架儿也没有，想不想进步啦？

萧远立刻过去用打火机给主任点烟。可这一瞬间，主任突然变得很调皮，叼着烟卷儿总是往外喷气，让萧远一次次地点不着。接下来，主任抓住了萧远的手，指导他放到应该放的部位上，紧接着，事情像突然暴发的江河管涌一样，一切进入了忘我的发射状态，点火，升空，爆炸！点火，升空，爆炸！反复几次，一个个疯狂的“爆炸”增加了他们重新起动的激情。

当然喽，这是一个不眠之夜。两个人似乎都没有想到事情会发生这么大的变化，而且会有这么多的“爆炸”，太高亢了。

黎明时分，两个人耗尽了所有升空的燃料，安静了下来。萧远躺在床上，他一时有点儿不知怎么称呼身边的这个漂亮女人好，叫主任还是叫王晏。

主任似乎看透了萧远的心思，说，你是不是不知道叫我王晏、晏子、晏儿，还是叫我王主任好？

萧远像个诚实的孩子，使劲儿地点头。

主任说，那好。你还是叫我王主任。

萧远困惑地看着她，等候着她的具体指导。

主任说，一切和过去一样：我还是主任，你还是记者。这种关系是真实的，而不是策略性的伪装。懂吗？

萧远的脸腾一下红了起来，主任的这一提示让他觉得无地自容。

主任抚摸着萧远的头说，没什么，孩子，你还是年轻。千万不要掉到“情”的旋涡里来，这很危险。我看得出来，我再继续几次你就无法自拔了，可我要明白地告诉你，我不能离婚，也不会离婚嫁给一个比我小好几岁的男人。尽管社会上有这种事，但我绝不会这么做。

萧远干哑着嗓子问，为啥？

主任说，我告诉你一句永远不要对任何人讲的话，那就是，我不想毁掉自己的仕途。我有我自己的理想。在这个理想面前一切都是微不足道的。就这样。懂了吗？

萧远苍白地问，主任，你后悔了？

主任说，一个优秀的女人最重要的素质，就是凡事能原谅自己。凡事都不原谅自己的女人是一个失败的女人。女人就是靠不断原谅自己，理解自己，宽容自己，善待自己在社会上安身立命的。而男人则不同，很多男人是靠着自责活着，靠吾日三省吾身活着，靠着自我批评活着，其中最典型的代表就是卢梭。他那本《忏悔录》简直是男人世界的一个缩影。男人在错事面前总是不能原谅自己，做错了事一生都耿耿于怀。好了，汇报一下咱们这几天的花费吧。亲兄弟还明算账呢，何况上下级关系的同事。

萧远抬起头可怜地看着主任。

主任说，记住，我们之间不会再发生什么了，而且，我也不会在工作中对你有任何特殊照顾。你记住，昨天晚上，对你，对我，仅仅是一个梦。不管这梦有多真实，但它毕竟是梦。行了行了，别难过。小伙子，你先回自己的房间去吧，我还要打几个电话，你回避一下。另外，上午好好休息一下，下午我们就往回飞了。你过去坐过飞机没有？

坐过……

好，穿好衣服过去吧。

萧远立刻穿上衣服，像一只受伤的小公猫似的离开了主任的房间。

坐飞机回来的时候，他们仍旧没坐在一块儿，这次是主任提出两个人不坐在一块儿的。主任说，小伙子，多喝点可乐。

这些年，伟大祖国的东北地区特别流行饯行与接风。这种饯行与接风之风，如果要追源溯本的话，这还是中国的古俗呢。比如民间的：十八相送啊，十里长亭啊，“桃花潭水深千尺，不及汪伦送我情。”都是。再比如官场的，官场是有规矩的，规矩是：所饯之人，所接之人，必定是官。否则就有朋党之嫌。倘若送则不送，接则不接，省事倒是省事了，潇洒倒也潇洒了，但是闹心事以后就多了起来，麻烦。还是入乡随俗的好啊。

王主任回来，自然有人给她接风。不提。

萧远回来之后，是鹤步袁侃给他接的风。还是那个老地方，喝的还是伏特加。还是“五月美妙五月好”，还是春江花月夜。只是心情变了。

见萧远一脸颓废的样子，袁侃问，咋，受挫了？王主任总不至于强暴你吧？当下属的就是小厮嘛，为领导服务就是为人民服务。严肃地说，这是工作。再说，你也不是那种容易受伤害的人哪，怎么，上了广州学会玩伤感了？

萧远说，没什么。说罢，将杯中的伏特加一饮而尽。

这之后，任袁侃怎样盘问萧远就是不说。

最后，袁侃叹了一口气说，唉，今晚你让我很失望啊，你过去不是这种样子的。

萧远说，没什么可失望的，我还是过去的我，一切照旧。

袁侃说，我只问你一句，你今后能当上主力记者么？

萧远说，放屁！

袁侃高兴地说，行啊，会骂人了，长大了，成熟了。

萧远说，对不起，主要是这几天我心情不好。你别往心里去。

袁侃说，如果连你的话我都往心里去，那我也太没出息了。你以为我是你呢？靠。

萧远说，我想找个女朋友……

鹤步袁侃说，这是酒后吐真言哪。

……

萧远的父母也正想着给萧远介绍一个女朋友。或许这就是上天的安排，是上帝事先为萧远的命运走向预先设定的一个程序，萧远就像电脑里的一个子目录一样，无法摆脱程序对他的制约与控制。除非他染上了病毒，可是他并没有染上病毒，只是在广州的时候懒散的精神世界受到了一点颠覆。

懒散的萧远父母都是知识分子。退休之前，他们夫妻分别在两个不同的科研部门工作。萧远的母亲曾是一个气质很好，相貌姣好的知识女性。当然，男人娶了这样的女人为妻，美则美矣，只是在漫长的人生道路上多少会遇到一些麻烦。的确，这位美女非常吸引人，而且被这位美女吸引的男人不光是品质不好的人、无能的人和庸人——有些事情我们说不清楚也解释不清楚。大凡牵扯到男女之情的事，只要一解释就有狡辩之嫌。好在这一点好多人已经认识到了，认识到了就不解释了，你说什么就是什么吧。这种行之有效的以真乱真的方式，在哈尔滨这座城市里颇为流行——哈尔滨是一个多情的城市啊。有点像 17 世纪的巴黎。

另外，我们每一个人都要学会尊重别人的父母，特别是前辈们的私生活，万不要把事情说得过细，甚至连一个微小的细节都不放过。那就太残忍了。我们只点到萧远的父亲曾受到了一点儿情感伤害就行了。这样可以给他的父母、他本人、还有萧远的姐姐以及相关的人，一个腾挪、辨别的机会。总之，我们没有任何理由不给我们的长辈们出路，我们绝不能那么做。

何况我们根本不清楚这些事情，我们就应当毅然放弃。有一个人背了一袋子很沉的东西，累得不行了，见到和尚就说，我累呀，我累得不行了。和尚说，你放下身上背的东西就不累了。于是这个人便放下了肩上的重物，放下之后惊异地说，哇，不累啦。所以，我们都必须把脸扭过来面对明天，我们不必为过去活着，我们要迎接新生活。何况我们大家都是聪明人，而且一代比一代聪明，不会一代比一代愚蠢。

提到萧远的父母就不能不说到萧远的姐姐。萧远的姐姐到加拿大留学之后，很快就跟那里的一个黑人结婚了。据说那个黑人青年是非洲某国的一个酋长的儿子，庸俗点说，就是有钱。于是，萧远的姐姐嫁给了他。这个来自黑非洲的青年给人的印象就是，总坐在窗台上看书，看一会儿书，然后向窗外瞭望一下，像是在等待什么人——或者非洲青年都是这种样子。他随着萧远的姐姐从加拿大不远万里来到美丽的哈尔滨看望岳父岳母大人的时候，也是这种样子——即坐在窗台上看书，然后向窗外瞭望一下。萧远的母亲说，想不到非洲青年这么喜欢读书。萧远的姐姐没说什么。看得出来，萧远的姐姐对这个黑人青年有着绝对的控制力。当然，开始的时候，萧远的父母并不同意女儿跟一个黑人结婚，尽管这个黑人青年的父亲是一个神话般的酋长。但是，当他们明确地向女儿表达这层意思的时候，萧远的姐姐已经跟这个黑人青年在加国的教堂里结婚了。

一个黑人和一个黄种人在北美的城市里散步、生活，或者当众在街头接吻，并没有什么，很自然，是爱情嘛。但是，这对哈尔滨人来说（认定他们之间是爱情的结合），还是一个挑战，需要给一段时间让当地人适应一下。

萧远的父母退休后，决定移居到加拿大去。他们的骨子里终究是知识分子，他们想到国外去开阔一下眼界。促成这件事还有另外一个原因，就是萧远的姐姐已经有两个极淘气的黑孩子啦，女儿也企望自己的父母过来帮帮忙，姐姐想，虽然自己的这两个孩子是黑人，但一定要让他们学汉语，会说汉话，了解中国的神话故事，像乌鸦喝水的故事，神笔马良的故事。

开始也曾考虑让懒散的萧远一块儿走算了。但是萧远觉得这非常无聊。他觉得姐姐变得越来越没有品位了，居然将自己古怪的生活与感受分摊给家人每人一份。真是不可理喻。所以，他明确表态，谁愿意去谁去，他肯定不去。另外，他也不喜欢英语，他觉得能把中国话说好就不错了。

萧远的母亲说，萧远，至于你姐夫是不是酋长的儿子，这一点咱们暂且不说，可他们两口子都是电脑专家，收入不错呀。所以，你到那里去生活上不用愁，其他的一切可以慢慢来，选你喜欢的工作去学习，去做嘛。

萧远说，不去。他就是非洲总统我也不去。

萧远的母亲流泪了，说，可我不放心把你一个人留在国内……

萧远的父亲说，有什么可不放心的，男孩子又不像女孩子……

萧远的母亲回过头去恶毒地看了一眼白发苍苍的丈夫。

无论怎么说，父母还是不放心萧远一个人留在国内，思来想去，决定给他介绍一个女朋友，介绍一个扎扎实实的女孩子，这样就不会出现任何纰漏了。

萧远的父亲补充说，介绍的女孩子不一定要太漂亮的，长得说得过去就行。

萧远的母亲白了他一眼。萧远的母亲并没有因为过去的情感失足而气馁，相反，那件“意外”的事情反而让她变得坚强起来，在萧远的父亲面前始终保持趾高气扬的样子。作为一个迂腐的知识分子，萧远的父亲屈服了。他不想将两个人的战争继续打下去，让出卖军火的人在一边优哉游哉坐收渔利。

萧远的母亲战战兢兢地提出要给自己的儿子介绍一个对象时，没想到儿子竟十分痛快地答应了。

萧远的母亲心想，看来，一个男人就躲不过恋爱的季节呀。想到这儿，还甜蜜地摸了一下儿子下巴上的小胡茬子。

被介绍的这个女孩儿是一名大学生。这是萧远的父母事先提出的基本条件。大学生和大学生相处有共同语言。除此之外，生出来的孩子肯定智商也差不了。所以这个基本点不容商量。

小姑娘挺好的，萧远的母亲事先背着萧远看过的。小姑娘长得挺甜，挺老实的，一说话脸一红。虽然年纪轻轻的，却是一副非常老派的样子。家是肇州的，走起路来紧夹着两腿，像似有点毛病，但你仔细观察，她就是喜欢这样走路，是少女式的莲花步，挺可爱的。也学的是中文，而且还是市影视家协会的会员，曾经在地方报刊上发表一些影评。她发表的这些小文章，萧远的母亲事先都找来看了，从这个女孩子的字里行间没发现那种疯婆子、膘婆子、横婆子、花婆子式的放肆和忸怩作态，反倒是处处显得与人为善的样子，似乎中国产的每一部影片都让她激动得不行，让她感动得泪水涟涟。另外，文笔也挺好的，挺清秀的，像村前的那条溪呀，像天空上慢悠悠飘过来的那朵云彩呀，特别的小女孩儿。而且和萧远的岁数也相当。经过暗中调查，这个女孩子在念大学的时候就没有谈过对象，在老家肇州生活那一段也没有少年之恋。个人卫生也很好，同事聚餐吃饭的时候，要咳嗽了，一定扭过头去向背后咳嗽。没有什么不良嗜好。总之，一句话，非常合适。可以跟儿子见面了。

这个女孩子叫李响。现在是某局的文秘。而且入党了，转正了。

两个人的见面地点定在索菲亚教堂广场那里。萧远手里拿一张 W 报，穿一双美国大兵鞋，鞋和报纸非常显眼。李响一眼就认出了他。

萧远问，咱们上哪呢？

李响说，你说，上哪都行。

萧远想了想，上果戈理酒吧还是上避风塘？

李响说，哪都行，随你。

最后，两个人还是去了避风塘。主要是避风塘的环境好，气氛很宽松，18 块钱一位，小食品随便吃，饮料随便喝，扑克和棋随便玩，待多长时间也随便你。避风塘 24 小时开放。冬天有暖气，夏天有冷气。这座城市的青年人都喜欢到这里坐坐，和几个朋友呀同学呀聊聊天儿，父母也干涉不着，非常舒适，放松。过去，懒散的萧远和迈鹤步的袁侃经常到这个地方来消磨时间，袁侃把仙鹤腿一伸，萧远往座位上一瘫，妈的，挺舒服的。这地方还可以戴上耳机听音乐，还有各种精美的时尚书刊供你翻阅。所以，开始谈恋爱的初次见面，这里是最佳地点。过去，萧远和袁侃这两个光棍儿就经常到这里来消磨时光，是这里的常客。这里不少人的面孔都很熟悉。

两个人选了一个靠窗的位置坐下来，萧远照例要了一大杯可乐，李响给自己要了一杯清茶。

萧远说，怎么，你喜欢喝茶？

李响说，对，有什么不妥吗？

萧远笑了，觉得这女孩子说话挺有意思的，像电影里的对白。

萧远说，没有没有，不过……

李响说，不过，从肇州来的女孩子怎么会喜欢喝茶呢？告诉你，这是受了一个人的影响。

萧远问，谁？

李响说，剧作家夏衍。他就很喜欢喝茶。

萧远说，哦，对了对了，你喜欢搞影评，爱屋及乌。

李响说，我喜欢清淡的东西，你好像喜欢浓烈的东西。

萧远说，我也不知道我喜欢什么，我无所谓，有喝的就行，就是图一方便。喝茶也可以。但是——商家沏的茶品质可靠吗？

李响说，我喝着还行。

萧远说，行就好，其实都无所谓。

李响沉默了一会儿说，我觉得你们当记者的都有点牛，是吗？

萧远说，分人。我就不牛。我牛吗？

李响说，说实话吗？

萧远说，你不说也无所谓，随便你。

李响说，你还是多少有点牛，真的。这可能是职业病吧，你自己已经觉察不出来了。

萧远说，可能。

李响说，我提个问题可以吗？

萧远说，随便。

李响说，你怎么什么都随便呀？

萧远说，我就是这么一个人。我也不喜欢我自己这一点。

李响问，你喜欢电影吗？

萧远说，问题挺老派呀，这我得想想……

正在萧远想着如何回答李响的时候，袁侃迈着仙鹤步突然出现在他们的面前。

袁侃说，我喜欢电影。

说着，袁侃拉开椅子坐了下来。

萧远说，来了？

袁侃说，我又不是第一次来，都来过 N 次了，你把表情搞那么惊奇干嘛。给我介绍一下这位漂亮的女孩呗。

萧远对李响说，这是我念大学时的同学，现在是报社的同事，我的朋友袁侃。这位是李响，哈尔滨影视家协会的会员，著名影评家。

两个被介绍的人立刻起身，握手。

袁侃说，我不妨碍你们吧？

萧远说，不妨碍，你坐吧。不过，今天你别吃我盘子里的了，你买单吧。

袁侃说，怎么，想吃我盘子里的？开始反攻了？没问题，今天我买单。对了，刚才你们聊什么？

李响说，我问他喜欢不喜欢电影。

袁侃说，他不喜欢电影，他一看电影就睡觉。我们念大学的时候，每次看电影都是我强拉他去的，他那个痛苦劲儿，好像是我拉他上绞刑架似的。不过，响响，我很喜欢电影……

“响响……”萧远心里吃惊地尖叫了一声。

袁侃说，响响，你看过日本影片《影子武士》吗？

李响说，当然看过，你感觉怎么样？

袁侃像一位俄罗斯诗人似的，做着生动的手势说，好！绝！悲怆啊，震撼人心啊，太有艺术冲击力了。一个普通人被一群政客安排冒充国王，其实呢，这不过是一次出于政治目的、出于战争形势、出于权宜之计的化妆表演而已。但是，令人感动的是，这个假国王居然太深入角色了，以至不能自拔。当他看到国家沦丧之际，竟像一个真正的国王那样痛不欲生。这种巨大的、像深水炸弹一样的艺术爆炸力是何等的壮观。Ladies and Gentlemen（女士们先生们），平民、战争、国家、国王、痛苦，像法国幻影战斗机群一样轮番俯冲到观众的心里，咣！咣！咣！并全部出色地完成了定点爆破任务。这才叫艺术，这才是电影。响响，我并不光是在电影院里心灵受到震撼，从电影院出来之后，连续几天之内心都无法平静下来。并将这种强悍的印象一直还延续到今天，延续到避风塘！响响，张艺谋导演的《英雄》你看过吗？你肯定看过。

李响像在军旗下宣誓的女兵一样说，是的，我看过。

袁侃问，怎么样？

李响说，我认为非常好。其中影片中先进的电脑制作技术运用得最出色，这是一部优秀的影片。你怎么看？

袁侃说，我也有同感，我也十分、百分地赞同你的观点。但是有一点，这部电影将要接近尾声的时候，当扮演秦始皇的优秀演员陈道明面对那个大大的“剑”字一下子顿悟的时候，他像《天问》里的屈原那样，背对着观众，叉开双臂并抖动着，说了一句话：“我明白了，剑法的最高境界就是——和平！”我当时听了差点没乐得背过气去。

说完，袁侃放声大笑起来，他上气不接下气地说，这太直白了，太滑稽了，太幼稚了，太不可理喻了。

袁侃的一席话说得李响也忍不住笑了起来。

袁侃像个变脸王似的马上收起了笑，说，当然，瑕不掩瑜。《英雄》仍然不失为一部优秀的电影之作。

李响说，其实，你可以搞影评。

袁侃说，不不不，那是有水平的人才能做的事，搞影评不仅需要广博的知识，敏锐的观察力，细致深刻的分析，还需要懂电影，懂演员，懂导演，懂摄影，懂音响，懂剪接，懂斯坦尼斯拉夫斯基，懂奥尼尔，懂布莱希特，总之和电影相关的事情都要懂，从俄国的《战舰波将军号》到老美《黑客帝国3》，从悬念大师希区柯克到黑泽明，从普多夫金到斯皮尔伯格，还有印度电影、朝鲜电影、非洲电影、越南电影、另类电影，你都得有所了解，而且你还要看大量的电影片子，中国的，外国的，个体户的，还要阅读大量的电影剧本，你才能知道这部影片和那部影片之间的区别，有没有区别，撸没撸那部文学作品的“叶子”，炒没炒老电影的冷饭，有没有创新，等等。另外，搞笑的片子也得知道，武打的也得明白，肥皂剧也得懂，主旋律呀，旁门左道呀，煞有介事呀，一身正气呀，天真烂漫呀，都得有所涉猎……

萧远在一边注意到李响已经被袁侃滔滔不绝的“演讲”搞得泪花闪闪了。于是，他悄悄地站起来，轻声地说“我去趟洗手间”就离开了座位。

他走到柜台那儿把三个人的账结了，然后，悄悄地离开了避风塘。

萧远走出避风塘来到了街头。的确，一个人走在晚风里挺孤独的——当然是心里孤独，街上的行人还是很多的，才九点多钟。

转过新世纪以后，美丽的哈尔滨也加快了前进的步伐，几乎是在24小时之间就变成了一座不夜城。而今在不夜城里活动的人们至少占城市总人口的三分之一，这个数字就相当可观了。商家是何等的聪明，全城至少有九成以上的商家还在灯火辉煌地营业。小摊小贩就不用说了，他们得干到后半夜去。

萧远在街上漫无目的地走着。他倒是不那么特别的伤心，所以也谈不上心里有怎样的痛苦，仅仅是有一点失落、有一点茫然而已。散逛的时候萧远看到街口那儿有一个老头卖那种小孩玩的纸风车。彩色的纸风车做得很漂亮，有单风车、有双风车，也有六七个彩色的风车组成一组扎在一个小木棍上，风车们正在晚风中飞速地转着，发出唰唰的声音，那声音像似来自天庭的音乐，让萧远的心情一下子平静下来，萧远站在那儿看了一会儿，然后看了一眼那个老头。老头正面无表情地看着他，他似乎看透了萧远不是个买主，所以，一声不吱，不兜售自己的风车。萧远瞟了他一眼之后，继续走自己的路。他觉得自己没有任何理由对李响不满，李响和他等于是任何关系也没有，仅仅是见了一个面，然后，魔术师般的袁侃迈着鹤步来了，事情才发生了变化，接着发生了质的变化，在那一瞬间，自己变成了一个多余的人，一个局外人。这就像单位组织春游，一切都在按计划进行着，早晨大家都兴高采烈，精心打扮，带着吃的、喝的，带着乐器，带着事先准备好的几首歌，到了集合地点，天儿突然变了，打雷了，大暴雨下来了，开始，大家在避雨的地方以为这雨一会儿就停呢，可是大雨变成了中雨，非常任性，下起没完没了，咋办？回家呗。

但是，此时此刻的萧远并不想回家。尽管他不特别的痛苦，可在内心已经明确地感到自己是一个失败者了。一个失败者走在回家的路上，从理论上讲，应当是软弱的、可怜的、步履踉跄的。这时候，萧远突然想起了那个空姐季明明。季明明在这期间曾给他打过多次电话。萧远一看手机显示是季明明的电话就关机不接。他觉得这个空姐有点太势利，仅仅为了在报纸上发表表扬他们机组文章就不厌其烦地给他打电话，一次一次，又有点过了。可是，不知道为什么，现在他觉得他需要她。那么，是需要她的安慰吗？需要她来证明一下自己的价值吗？是，还是不是？

萧远还是拨通了季明明的手机电话。拨电话的时候萧远还想，别他妈的小丫头蛋子正在空中飞行呢？没想到，手机很快接通了。萧远决定先发制人。他要学习学习人家魔术师袁侃，特别是在失败中，更要善于向人家学习，不能什么事都不走心了，该走上智慧与技巧之路了。

萧远说，明明吗？噢，是你呀。我已经给你打过 N 次电话了，这回终于接通了上帝的电话。

季明明本想说什么，但忍住没说，只说了句，萧远，谢谢你给我打电话。

萧远说，你现在在哪儿？

季明明说，广州白云机场。

萧远说，老天爷，干到广州去了。我本想约你出来坐坐，看来不行了。

季明明说，别呀，明天晚上一样，明天我就飞回去了。你说吧，去哪儿坐？我请客。

萧远想了想说，明天是吧——这样，明晚六点，果戈理酒吧。

季明明说，好，原地不动，不见不散。

关了手机，萧远想，“原地不动，不见不散。”妈的，这是个约会的老手哇。

差不多在第二天的黎明时分，袁侃给萧远打来了电话，说他和响响一直聊到后半夜，一直在避风塘等他。袁侃还跟响响解释说，一定是报社有急事了，把萧远紧急叫了回去，记者嘛，就是这种工作性质，像急诊似的随叫随到。袁侃说，可是当他讲完这些话之后，响响似乎并不在意。

袁侃问，你们究竟是怎么回事？不是在谈朋友吧？

萧远懒洋洋地说，不是，偶然见到的。

袁侃说，噢，那我就放心了，哥儿们，你走以后，我又从易卜生讲到梅特林克，从梅特林克讲到皮兰德娄，然后又讲到普多夫金、格里菲斯，整个一个外国名字大联唱。哥儿们，我有一种预感，我已经把响响征服了，我跟她讲电影《圣雄甘地》的时候，她都哭了，不少人往我们这边看。绝对。为这事儿，哥们儿哪天得请你，我安排，把响响一块带上，罗杰斯还是大嘴鳄鱼，地点你选，我争取在月底之前把她拿下。

……

那天晚上，百无聊赖的萧远去了报社，跟报社的几个值夜班的编辑混了一宿，跟他们打扑克，谁输了往谁脸上贴纸条的。

可家里人都在等萧远的消息呢，等了大半宿也没把儿子等回来，就不等了。

萧远第二天清早才回家。萧远进了屋往沙发上一坐，先自甜蜜地笑了起来。

萧远的母亲说，儿子，你可别吓唬妈，看你这笑有点不正常，没出什么事吧，咋样啊，两人谈得行不行啊？你自己觉得怎么样？

萧远说，这个这个，李……李什么来着？

萧远的父亲厌恶地说，李响。

萧远笑着说，对，响响。

萧远的母亲吃了一惊，响响？

萧远说，妈，我说你介绍这个人是不是有点“二”呀！

萧远的母亲说，“二”?! 不二呀，挺正常的。

萧远说，那就是我不正常，我有点二。

萧远的父亲说，既然“二”了，那就算了，再介绍别人，三条腿的蛤蟆没有，两条腿的人有的是。你妈再给你介绍一个。

萧远的母亲说，我再介绍一个？我是人才库哇？你得跟儿子问清楚喽，那女孩子咋二了，是怎么个二法。搞清楚了之后，再介绍一个不迟。

萧远说，二二二，行了行了，你们别操心了，我自己有一个。

萧远的母亲说，你自己有一个？这是啥时候的事呀，不会是刚有的吧？

萧远说，就是刚有的。

萧远的母亲问，那——这个女孩子叫什么，干什么工作的？你们又是怎样认识的。快给妈说说。

萧远说，这个女孩叫季明明，比我小一岁，是个空姐。

空姐？

对。我是那次跟我们主任上广州出差在飞机上认识的。

萧远的父亲问，这孩子长得怎么样？

萧远说，她是个空姐，你想她长得怎么样？漂亮呗，不漂亮能当上空姐吗？

萧远的父亲说，这倒也是，人呢？人怎么样？

萧远说，人还不知道。但有一点可以肯定。不像你们介绍的那个李响，二了吧唧。今晚六点半，我和季明明在果戈理酒吧见面——

果戈理大街先前叫奋斗路，前不久刚改为果戈理大街。刚改没几天，很快就成了全城有名的酒吧一条街。而果戈理酒吧又是其中最好的酒吧之一。

季明明已经先一步到了果戈理酒吧，正坐在那儿等着萧远呢。此时，脱掉了空姐制服的季明明着一套很时尚的休闲装，人显得落落大方。

季明明见了萧远的第一句话就说，怎么样，萧记者，我很守时吧？

萧远说，您这是职业病。空姐再不守时，天下就没人守时了。

两个人坐定之后，季明明问，先生，您先来点什么？

萧远说，我怎么听着感觉像是在机舱里似的。

季明明说，可乐还是……

萧远说，今天我来点飞机上没有的，一杯伏特加。

季明明说，真够味儿。我来一杯雨打芭蕉吧。

萧远说，雨打芭蕉？我头一回听说。空中的女孩儿和陆地上的女孩儿倒是不一样啊。

季明明说，没什么不一样的，就是一杯普通的鸡尾酒而已。广东人喜欢喝。对了，我带来了一些有关我们机组的复印材料，你看看。

说着，季明明从挎包里拿出一个文件夹，递给萧远。萧远接过来一看，里面全是季明明那个机组的事迹材料，以及一些乘客写的表扬信。萧远像在书店里买书似的简单地浏览了一下之后，便放在了餐桌上。

季明明问，记者先生，能找到点感觉吗？希望您能选一点在报纸上发表一下，这样，我们机组就可以获得加分。

萧远说，先放我这儿，回去我慢慢看。如果有感觉，我再打电话通知你。还有别的什么事吗？

季明明说，没有了。

萧远说，那——我们结账？

季明明说，这也太快了吧，好像我在这里交换情报似的。聊点别的，多坐一会儿吧。这儿的环境挺好的，你挺会选地方的。

萧远说，你可别客气。这一段时间我经常受打击，如果一切突然变得平和起来了，我还有点不适应了。对了，我这个人是不是挺没意思的一个人哪？

季明明说，挺有意思的，特别是你在飞机上的表现，一般的旅客，幽默都表现在嘴上，而你的幽默则表现在行动上，一次次地上洗手间，一次次地要可乐，你知道吗？你给我的印象是十个字：一个非常生动的年轻人。

萧远说，你没看出我对你有点意思吗？

季明明说，也想过。但不能确定。那么，你对我有意思吗？

萧远说，有意思。

季明明说，为什么？

萧远说，我看到你的第一眼，我就觉得你将成为我的终身伴侣。

季明明笑了，说，好了，别开玩笑了，你约我出来不会是将你的行为幽默进行到底吧？说说，你最近受到什么打击了，我可以帮忙吗？

萧远沉吟起来，他当然想到了季明明对自己没有什么特别的意思，也清楚季明明之所以一遍遍地给他打电话，是想在报纸上发表有关他们机组的先进事迹。而且他也预感到，只要他约她出来她就一定会来。但是，他并没有想到季明明居然对自己的这次邀请一丁点出格的联想都没有。她是真傻呀还是装傻呀……

萧远说，在法国的巴黎，有这样一种特殊的服务，如果一个人心情郁闷，或者受到了某种打击，有一肚子话要说，可这些话又不便对自己的妻子、朋友、亲属讲，因为毕竟是一个人心底的秘密，一个人的脆弱，一个人的困难，如果全部直言不讳地对其他人讲出去，就会让自己觉得很没面子，甚至担心以后会成为对方攻击自己的话柄。假如这个人信仰宗教，这好办，他可以去教堂找神父说说，教堂里有专门的忏悔室。如果这个人不信教，或者也信不过神父，怎么办？有办法，在巴黎有专门的倾诉服务，投币的，把硬币投进去，你面对的屏幕上就会出现一个女人，你能看到她，但她看不到你，你在一个完全封闭的小隔子间里，可以尽情地讲自己的心里话，对方会安慰你，并完全站在你的立场上。当然，这是定时的，到一定时间机器会提示你投币，投了币之后继续倾诉。什么话都可以说，没问题。等你把话说完了，心情也就变得舒畅了，就可以离开了，去面对新的生活与挑战。

季明明说，现在我就是巴黎那个屏幕上的女人。你有什么心里话就说吧。我会为你保守秘密。

萧远说，我没什么心里话要对你说，我只是有一事求你帮忙。

季明明说，求我？没问题。

萧远说，选人我也是有标准的。

季明明说，我听懂了，我很幸运。

萧远说，我之所以选中你呢，是因为你在飞机上的服务态度很优秀，另外，人长得也很漂亮……

季明明立刻愉快地说，谢谢。

萧远说，事情是这样的，最近，我父母要去加拿大，因为我的姐姐在加拿大定居了。他们一走，觉得只留下我一个人在家里不放心。可怜天下父母心吧，于是就想着给我介绍一个女朋友，可我现在并不想处女朋友。但是，作为儿子，对远渡重洋去他国的父母总得有个交代呀，我就跟他们说谎说，我已经有女朋友了。他们问我这个女朋友是干什么的。我顺口就说，空姐。这回你明白我约你出来的目的了吧。

说完，连萧远自己都感到自己挺会自圆其说的。

季明明说，明白了，你想让我假扮你的女朋友去你家，当着你的父母面表演一次。

萧远说，不好意思。不过，不行也没关系。

季明明说，没问题。假扮的，又不是真事儿。你说吧，什么时候去?

萧远说，明天中午。有关你的所有费用，打车钱，礼品钱，一切由我给你报销。友情出演嘛。

季明明说，一言为定。

……

离开果戈理酒吧，离开季明明，萧远开始闹心，他没想到这些根本没影儿的事让自己这么一弄，真的成了一种幽默的行为艺术了。天下本无事，庸人自扰之呀。可事已至此只能硬着头皮做下去了。是自己无端地玩跳高、学鹤步，把腿摔断了，能怨着别人吗？不过，有一弊就有一利，有这个假女朋友也真的可以用来应付一下父母，对他们有一个交代。等父母一走，"劳燕分飞"就是了。

想到这里，萧远不禁长叹起来，嫩哪——

第二天中午，萧远一家准备了丰盛的午宴等待萧远的女友季明明的到来。这件事还被打来电话找萧远的袁侃知道了。当时萧远到楼下接季明明去了，袁侃的电话是萧远的母亲接的，袁侃一听，立刻说，我也去。阿姨，我真的没想到，萧远这事埋得挺深哪。我这个做朋友的居然事先一点风都不知道。

萧远的母亲说，我们也不知道，听萧远说，他们都相处一年多了。

袁侃叫了起来，一年多了!？神话神话神话。阿姨，今天我一定过去看看，都说我是魔术师，我看萧远才是魔术师呢。

萧远的母亲突然有点莫名其妙地担心，便问，袁侃，你有女朋友吗？

袁侃愣了一下，马上说，有，也处一年多了。

萧远的母亲说，那你就和你女朋友一块过来吧，我和你叔叔做了一大桌子菜呢。

袁侃说，她上班，我自己先过去，然后再联系她。

萧远的母亲刚放下电话，萧远的父亲便说，愚蠢。

萧远的母亲一听，立刻瞪起了眼睛，我怎么愚蠢了?!

萧远的父亲说，好好好，我愚蠢，我愚蠢，我这一生就是愚蠢的一生。

……

落落大方的季明明的到来，让萧远的父母非常喜欢。他们觉得萧远处的这个女朋友要个头有个头，要腰条有腰条，要长相有长相，而且还是空姐，职业也很好啊。空姐个个都是百里挑一的，文化、出身、品质、健康，一切都必须合格才能当空姐。

季明明毕竟是空姐出身，在接人待物方面训练有素，这些用不着别人来教，进了家门，满面春风，微笑服务，阿姨长阿姨短的，特别有礼貌，而且还特别淑女，特别自谦，特别青春，让萧远的父母心花怒放。

袁侃在季明明到来不久，也飞快地迈着鹤步赶到了。他一见到季明明就愣住了，他没想到懒散的萧远居然能处上一个这么优秀的女孩子。

跟萧远的父母寒暄过后，袁侃便对萧远说，萧远，这位美女是谁呀？

萧远不咸不淡地说，对象呗。

倒是季明明大方，向袁侃伸出手来说，认识一下，我叫季明明。

袁侃说，我叫袁侃，是萧远的铁哥们儿，念大学的时候我们在一个宿舍，上下铺，非常非常了解。你们埋得挺深啊，都处一年多了，我居然一丁点儿蛛丝马迹也没觉察到，你们太厉害了。

寒暄过后，袁侃悄悄地把萧远叫到一旁，说，哥儿们，我还是觉得不对呀，我怎么不知道这个季明明。天上掉下来个林妹妹——

萧远说，嗨，别提了，这个季明明是那次跟主任去广州在飞机上认识的，空姐，临时借来当女朋友糊弄老爹老妈的。他们不是要去加拿大吗，不放心，希望有一个女朋友拴住我。

袁侃一听，长长地“噢”了一声，说，原来如此。我说呢。那么，哥儿们，这个季明明对你一点意思也没有吗？仅仅是帮忙。

萧远说，仅仅是一个过来帮忙的女孩。另外，她也是有求于我，想在报纸上发点表扬她们机组的小文章。

袁侃说，交易。

萧远说，就算是吧。

为什么？先造势，再当官？

不知道。也没想过。

袁侃说，没劲。白让我兴高采烈了一回。我还以为你真处了一个女朋友了呢。敢情是中国版的《影子武士》呀。

季明明在萧远家表演得相当出色，非常大方，和萧远卿卿我我的。显然，这个女孩子是有过恋爱史的。不然，她不会表演的这么逼真。萧远甚至觉得这个季明明什么地方有点像王主任。

在吃饭的过程中，萧远的父亲始终用一种异样的眼神看着袁侃。

袁侃临走的时候对萧远说，你父亲比你有心计。

萧远说，什么意思？

袁侃说，没什么意思。一种感觉。

半个月之后，萧远的父母放心地走了。送行的时候季明明也去了。真的是救人救个活，帮人帮到底。一直到飞机起飞之后，萧远和季明明才分手。那天季明明本来应当飞广州，为了这事，她跟别人换了一个班，专门给萧远的父母送行。把一个微不足道的事做得扎扎实实、有始有终。从这点上，看得出季明明是一个有心计、有前途的女性。这样的女性不当官那什么样的女性当官呢？

作为对季明明的回报，萧远在报纸上给他们机组的优秀服务连续写了两个消息，分别是《动人的可乐》和《空中之家》，并主动卷了一捆子报纸给季明明送去。他们之间一直保持着联系，间或通个电话聊几句。由于萧远和季明明经过了那么一段特殊的经历，萧远觉得和季明明处朋友是一件挺惬意的事。有时候，无论是在采访的途中，在写稿的时候，或者更深夜静时分，他都会不油然地想到季明明，想到了季明明，心中就不禁会泛起一股理性的、清醒的甜蜜。

在这期间，王晏主任被选调到省内 G 市电视台任副台长。很显然，市委组织部是将她定为后备干部才这样安排她到基层锻炼的。走是悄悄走的，根本没让任何人送行。萧远事后才知道这件事，按说这倒没什么，正像王主任讲的，她是主任，是领导，而自己是一个普通的记者，一个兵。尽管如此，他心中还是有一缕莫名的惆怅之感。

新主任是个老头，估计是快退了，在退之前呢，提一下子，容领导一段时间考虑新的人选。新主任姓刘，等于是范进中举。白头发也焗了，胡子也刮了，脖子上拴了根鲜红的领带，瞅着好像是二婚似的。干工作特原则，以至都有点左了。这也难怪，毕竟他是五十年代过来的人了，人还不错，心眼也挺好的。时代的烙印、老式的思维方法、老式的价值观，老式的工作作风，人人都有，不是他一个人的错。面对他等于是面对一段历史，我们总应当尊重历史吧？于是，大家都尽可能地去适应他、支持他。再说，这么大岁数提个官也不容易，蹂躏他干嘛。

然而，萧远仍旧是一副懒散的样子。刘主任说，这小子，聪明，就是不正干……

由于父母不在家，萧远去避风塘的时候多了起来。有时候是跟袁侃一块儿去，袁侃有事他就一个人去。要不干什么呢？没地界去呀，百无聊赖呀。每次去避风塘，或者从避风塘出来，他总要在那个卖风车的老头面前站一会儿，欣赏一下那些随风飞快旋转的纸风车。卖风车的老头照例面无表情地看着他。不过，此刻在老人的眼睛里已经没有那种商人的目光了，那双饱经风霜的眼睛里流露出来的，则是对这个年轻人的同情。

这期间，萧远的父母和姐姐，还有那个黑人姐夫也曾打电话，或写信，希望他和季明明一块儿移居到加拿大来，结束一家人天各一方的生活。但均被萧远断然拒绝了。

袁侃和那个李响已经分手了。袁侃说，那女孩子对电影太沉迷了，有点二了巴唧的，她希望他们的爱情生活像纯情影片里所表现的一样，这怎么可能呢！那是艺术，而这是现实生活，现实生活和艺术是相互欺骗的东西。而且，两个人别见面，只要一见面就是电影，别的话题没有了。这烦不烦哪？袁侃说，后来，只要她一说电影，我掉头就走。走过了这么一两次之后，李响就不再和他联系了。

袁侃说，兄弟，亏着你没和她相处，你要是跟她相处得闹死你。

萧远咽了一下唾沫，什么也没说。他知道，袁侃说的有一部分是真实的，但未必全部是真实的。那个女孩其实是不错的。什么都不迷恋的女孩就是好女孩么？

虽然萧远是报社的记者，但懒散的萧远却极少看“本报”。他不大关心这个世界上都发生了什么事，他也不想知道美丽的哈尔滨有哪些新闻。他没有等待，就是有等待他也不知道自己等待什么。他的这种状态有点像钟表，钟表有理想有等待吗？没有，可它照例在嗒、嗒、嗒地往前走。

然而，凡事总会有例外。一天，当懒散的萧远从自己的编辑室出来，经过同事的办公桌时，无意中发现，扔在办公桌上的那份当天的报纸上，有一篇关于季明明所在机组的报道。这正应了那句话，你心里保存什么，就会有意无意地注意什么。他立刻拿起那张报纸，通读了那篇不到二百字的文章。文章的内容可以说平淡无奇，但“本报记者袁侃”几个字，让他紧张起来。他立刻感到不妙，马上找来近期的报纸夹到自己的编辑室一一地翻看。他发现有关季明明机组的报道不止这一篇，还有两篇，而采访者都是“本报记者袁侃”。

萧远立刻拨通了季明明的手机，季明明正在广州。萧远说，明明，有件事想请你再次帮帮忙……

季明明说，不会是还让我假扮你的女朋友吧？

萧远说，正是这件事。我父母过两天就要从加拿大回来了，他们想见你，你再帮个忙好吗？

季明明说，噢，这次对不起了，我已经有男朋友了，如果让我男朋友知道了，我不好说话。

萧远说，那就祝贺你。对了，你的男朋友我认识吗？

季明明笑着说，你应该认识，你们是好朋友嘛。其实这事我早就应当告诉你，但我的男朋友让我暂时不要说。

萧远说，噢，我知道他是谁了。

季明明说，萧远，真是对不起，不然，我一定会帮你这个忙的。

萧远说，没关系。我再找别人替一下吧。

季明明说，何必呢，处一个女朋友吧。

……

这天晚上，萧远一个人在避风塘坐了很久，这也是他唯一一次不喝可乐的日子。他要了一壶茶，慢慢地呷着、想着。这期间，他给北美的父母打了个电话，告诉他们自己和季明明分手了，现在，季明明和袁侃处朋友呢。电话是萧远的父亲接的，他什么也没说，只是说，孩子，这种事总是发生在朋友当中的。天上下雨的时候别总想着上天把乌云拨开，打把伞就是了，雨不可能永远地下个不停。孩子，别难过，一切都会过去的，时间是最好的良药。

萧远说，爸爸，我想你……

萧远的父亲说，儿子，我也想你。记住爸爸的一句话，你是个男人，要么被儿女情打败，要么，去战胜儿女情。

萧远说，知道了。爸爸。谢谢你。

天已大亮了，街头上的那个卖纸风车的老头已经出来摆摊了。萧远从避风塘出来，再一次地站在纸风车前久久地看着。卖风车的老头从木架子上取下一个双轮的风车递给萧远，说，小伙子，这个叫八卦风车，送给你，不要钱。

萧远拿到手里，泪水一下子涌了出来。

卖风车的老头说，小伙子，别小看这风车，风车周朝就有了，传说这风车呀还是姜子牙发明的呢。这风车上画有十二个月，分二十四节气。小伙子，知道风车为什么会转吗？对对，因为风，风车必须迎着风它才会转得好看。这人世间的事情也是这样，不能总停在那儿不动，动起来这日子才好看哪。不信你试试？你拿着它找好风向，嘿，它就转得好看了，心里有什么不痛快的事也就忘了。

这天上午，萧远拿着那个风车在美丽的哈尔滨走了一上午。的确，只要找好风向风车就会飞快地旋转起来，唰唰唰，美不胜收。这中间，袁侃打过来几次电话，他一看是袁侃打来的，一律不接。他想一个人待一会儿，在他的耳边，只回响着那个卖风车老头的话，小伙子，知道风车为什么会转吗？因为风，只要你找准了风向，它就转得好看了……

下午，萧远去洗了澡，理了发，并去商店买了一套很正派的西装。他要换一种活法，开始他新的人生征程。

翌日，W 报社的人谁也没想到，一贯懒散的萧远完全变了一个人。过去的那股懒散劲儿一扫不见了，而且工作非常认真，并积极地与可能有新闻线索的有关部门联系，主动提出要采访一些人。为此，他列了一个长长的采访名单。在这个名单上，市委、市政府及相关部门的主要领导全都在上面，其中不少是他念大学时的同学，这些同学在这座城市的各个部门中担任着要职。

刘主任看到萧远这种样子非常高兴，对萧远说，随你便！但不要一时冲动，三分钟热血，要持之以恒。

萧远说，刘主任，从现在开始，我的手机 24 小时开机，有任务随时告诉我，现在我疯了，就是想多工作，越多越好。

仅仅两个月，萧远采写的优秀稿件源源不断地出现在W报的显著位置上。为此，他多次受到了包括市领导及报社主要领导的表扬，表扬萧远题材抓得好，分析到位，文风正，政策性强。上头表扬萧远，刘主任的脸上也光彩呀。为了支持萧远的工作，刘主任破例给萧远配了一台二手的吉普车。萧远开着这辆二手的吉普车，像一个军事外交家一样整天穿梭在这座城市当中。萧远的这台破吉普连全城各个岗的交警都认识他了，见了他给他敬礼，打立正呢。

而迈着鹤步的魔术师袁侃依然是那副老样子。在报社，袁侃见了萧远，两个人只是礼貌地点点头，就过去了。两个人心里都很清楚，彼此之间的关系为什么淡了。有一次，萧远的手机接到袁侃发来的一条文字信息，上面写："我们还是好朋友吗?"萧远立刻回了他一条信息，写道"用鲜血凝成的友谊牢不可破。"自从萧远发了这条信息之后，两个人就再也没有什么接触了。

仅一年多的时间，萧远就成了W报的"名记"了。萧远在国际长途电话中对父亲说，老爸，我原以为自己是一个没大出息的人，而且也没什么本事，但是我发现，当一个人被命运抛到角落里的时候，他居然还能发挥出连他自己都想象不到的巨大潜能。

老爸在电话里说，儿子，你的年岁也不小了，你自己认为合适的女孩子，该处还要处，但要冷静一点，理智一点处，要有第三只眼。

萧远说，老爸，没问题。这是小事情。

老爸说，这么自信？

萧远说，对。

老爸说，好，你比老爸强。

正如萧远所说的那样，在这一段时间，确有不少女孩子在追求萧远。她们认为萧远的事业心这么强，领导又这么器重他，将来肯定是一个有前途的人。只是，萧远没有答应任何一个女孩子。他现在的目标不是搞对象，而是另有目的。

在任何一个单位总是不乏敏感的人，有洞察力的人。所以，萧远的这个深层的目的还是有人猜到了，而且，在报社内部已经有人开始议论，即，萧远将来有可能当新闻部主任。新闻部的刘主任也意识到了这一点。可是，这有什么办法呢。他本人再有一年就该离岗了，与其压制这个野心勃勃的年轻人，还不如积极主动地去扶植他，待到自己退休之后，如果能再被这个被自己扶植过的年轻人返聘过来，再干他个三年二年的，岂不快哉？

现在，迈鹤步的袁侃已经根本吃不到萧远盘子里的东西了。他虽然从不认为萧远比自己强，但是，他还是晚了一大步，W 报社主力记者的位置已被萧远捷足先登了，而且他的能力与水平已经得到了上级领导和社会各界的认可。他面对的不再是萧远一个人，而是一个看不见的庞大群体。对此，他只能难受地等待机会。

有一次，两个人在报社的走廊里见面的时候，迈着鹤步的袁侃脸色非常难看，而萧远却一脸的朝气蓬勃。

袁侃说，萧远，今天晚上，我们一块儿到避风塘坐坐？我知道你很忙，有时间吗？肯赏光吗？

萧远说，几点？

袁侃说，七点怎么样？

萧远说，好。原地不动，不见不散。

袁侃在避风塘一直等到晚上十点，萧远也没去。一打手机，则被告之，对方的手机已转入全球呼。

第二天，袁侃找到了萧远，萧远拍着脑门子说，哎呀，哥儿们，瞧我这臭记性，我给忘了。

袁侃说，我也没去，我是来向你道歉的。

萧远说，那好啊，我们扯平了。

袁侃说，萧远，我一直把你当成是我的好朋友。

萧远说，我也是。有什么不妥吗？

袁侃说，但今后不是了，我们只是同事。

萧远说，不要这样讲，今后我们仍然是朋友，哥儿们。我不是说过嘛，用鲜血凝成的友谊牢不可破。另外，你听我一句，人的一生不可能永远不失约，我不过是仅仅失了一次约，我不认为这会对你构成实质性的伤害。再说，人的思考有时候是不可靠的。放宽心，什么事也没发生。什么时候想约我出去随时打电话。

袁侃说，那就等我的电话吧。

萧远说，好。我 24 小时开机。

果然不出大家所料，萧远被报社提名为新闻部主任助理。就在 W 报社考核萧远作为新闻部主任助理的时候，报社人事部接到了一封“群众检举信”，揭发萧远写人情稿。信中说，此人的品德不好，善于搞欺骗，曾在×年×月×日，就让空姐季明明假扮他的女友蒙骗自己的父母。作为回报，萧远给梅花航空公司的季明明在 W 报上发人情稿。为此，季明明还在果戈理酒吧请萧远吃饭，作为答谢……

这封检举信的中心意思是，像萧远这样的人是不可以做新闻部主任助理的。

人事部门接到这封信后立刻进行调查。新闻部毕竟是要害部门，在人事安排上的严格与慎重是必需的，这是组织原则。在调查此事的过程中找到了当事人，梅花航空公司的空姐季明明。然而，季明明面对调查人员不说有也不说无，只是不住地说，怎么会这样，怎么会这样……

最后，关于安排萧远任新闻部主任助理一事，被暂时搁置下来。

萧远对于这封检举信的事也略有耳闻，但是，他该怎么干还怎么干，还是那么风风火火，没有一点情绪。萧远打电话跟他的老爸说，这封检举信的出现，恰恰从另一个角度证明了自己是一个有力量的人。

在报社的走廊里，萧远看到袁侃迈着鹤步一脸坏笑地走了过来，萧远冲他甜蜜地点点头，两个人谁也没说什么就过去了。

同一天，萧远接到了季明明的电话，她告诉萧远，要注意提防袁侃。

萧远说，完全没有必要，我们不仅是大学同学，而且还是朋友，是哥儿们，用不着提防什么。对了，你和袁侃处得怎么样了？什么时候办喜事啊？

季明明说，我们已经分手了。

萧远故作吃惊地说，怎么会？什么时候的事？

季明明说，在我给你打电话前的十分钟。

萧远说，开玩笑，开玩笑。天上下雨地下流，小两口打架不记仇……

季明明接过来说，白天吃的一锅饭，晚上睡的是一个枕头。告诉你，萧远，我们铁掰了！

萧远说，抱歉，我还以为你跟我开玩笑呢。

季明明说，阿姨和叔叔怎么样？

萧远说，挺好的。过一个月就要回来探亲了。

季明明沉吟了一下，你……你现在有女朋友吗？

萧远说，有，叫小兰。也是我们报社的，刚毕业，才二十一岁。岁数是不是小了点？

季明明无精打采地说，重要的是你已经不小了。

萧远说，说的是，说的是。我也是这么想的。

在W报社的确有一个叫小兰的大学实习生，这个长得像林黛玉似的女孩子，有一次突然晕倒在报社的走廊里，是萧远开着他那台破吉普把小兰送到了医院，并在医院看护了她一宿。在看护期间，萧远还特地打电话给报社的领导和小兰的家人，告诉他们，小兰没什么问题了，医生说休息一宿，明天一早就可以出院了，就是贫血而已。报社领导在职工大会上表扬了萧远的这种行为。小兰出院以后，曾多次发手机短信给萧远，表示要同萧远处朋友。萧远只当是一个玩笑，觉得这个小兰有点天真，并未认真对待。但是，这么一顺嘴跟季明明说小兰是自己的女朋友时，他突然觉得小兰这孩子真的还可以。于是，他打电话给小兰，问她，小兰，你喜欢纸风车吗？

小兰说，喜欢。

为什么？

因为你喜欢。

你怎么知的？

在你的办公桌那儿插着一个纸风车。

萧远问，想不想晚上出去散散心。

小兰说，想！太想了！谢谢你。

萧远一脸无奈地关上了手机，心想，先处着玩吧。

在萧远的“主任助理”一职搁浅的一个月之后，先前W报新闻部主任王晏调回来了，任W报社社长兼总编辑，正厅级干部。此时的王晏比过去当主任的时候成熟多了，也干练多了，完全是一副大领导的派头，有下属跟她打招呼她理都不理，扳个脸从你身边走过去，完全是一副居高临下的状态。其实，现在的官场流行这种姿态，不少高官都是这种样子，跟你握手的时候根本不瞅你，你汇报完了工作他什么也不说，好像没听见你在汇报，站起来走人了，搞得你很小丑、很卑琐、很奴才的样子。不过，这种样子挺奏效的，特别是对那些没大没小，没尊没长，满嘴跑火车，处处自作聪明的下属，是一个很好的约束与敲打，并可以借此提高自己的威严和震慑力，让自己的话有一句顶一万句的效果。

已经不是小嫩黄瓜纽儿的萧远，无论任何场合，无论有人没人，见到王社长一律是敬而远之的样子。不过，从王社长对萧远的态度上，看得出来，她对萧远的情况是了解的。

一个新领导上任之后，要做的第一件事，是了解情况，第二件事，就是人事调整。一天的下午，正在外面采访的萧远接到报社办公室主任打来的电话，让他马上中止采访，王社长找他谈话。

萧远立刻开着自己的那辆破吉普回到了报社。

萧远先到了办公室，办公室主任先给王社长的办公室打了个电话，告诉她萧远回来了。然后，领着萧远去了王社长的办公室。

进去以后，办公室主任就退了出去。

王社长笑眯眯地看着萧远，问，你喝点什么？茶还是矿泉水？噢，对了，你喜欢可乐……

萧远说，我现在改成喝茶了。

社长说，那你就喝茶。怎么样？还好吧。我听说了，这一段儿你干得不错。不过，我这儿也有关于你的一份检举信，你看一下。

社长说着将那封检举信递给萧远，萧远接过来简单看了一眼，放回到社长的办公桌上。

社长问，信上说的属实吗？

萧远说，属实。

社长问，是基本属实还是完全属实。

萧远说，完全属实。

社长问，你知道谁写的这封信吗？

萧远说，袁侃。他的字体我认识。而且这件事也只有袁侃一个人知道。

社长问，你们在念大学的时候不是好朋友吗？怎么，产生矛盾了？

萧远说，没有。

社长说，这就怪了，为什么呢？

萧远说，不知道。

社长说，你还记得你上大学头一天的情景吗？

萧远说，记得，那天突然下起了雨，我穿着一双白球鞋……我很为难，不知怎么办好，又怕把鞋弄脏了，又不能不走路……

社长说，好。组织上决定聘你为新闻部主任。怎么样，有意见吗？

萧远说，社长，像我这样的，如果说在报社有一百个，那不现实，但是，二十个总有吧？组织上能想到我，我就知足了。怎么会有意见呢。没有任何问题。谢谢领导对我的信任。

社长笑了，说，一会儿组织部的领导要找你谈话，好好干吧。

萧远说，是。

社长突然问，萧远，有女朋友了吗？

萧远说，有，在咱们报社实习的小兰。

社长笑着说，这回不用再弄一个假女朋友糊弄你老爸老妈了？

萧远有节制地笑了。

你们什么时候结婚？

快。

社长严肃了表情说，萧远，你成熟了，我认为你有前途，好好干吧。的确，要学会控制自己的感情。

萧远说，谢谢您。

说完，社长开始翻看文件，萧远就坐在她对面等着。过了三五分钟，社长抬起头来问，你还有事吗？

萧远说，没有。那，那，我走了。

……

三天之后，萧远被报社正式聘任为新闻部主任，而不是新闻部主任助理。原新闻部主任退养回家。这个消息一经传出，便成了W报社的头号新闻。大家纷纷向萧远表示祝贺，但萧远却表现得非常冷静。

袁侃在没人的时候，来到了萧远的办公室。

萧远热情地接待了袁侃。

袁侃问，萧远，我们还是朋友吗？

萧远说，当然。有什么不妥吗？

袁侃说，没什么，我只是想问一句。

萧远说，好，我也跟你说一句话，人人都有机会，你好好干吧。

袁侃说，如果我不好好干呢？

萧远说，记住，你不是给我干，我也不是给你干。干工作是有游戏规则的。我们都要遵守这个规则。

袁侃说，放屁！你在我眼里永远狗屁不是！

说完，袁侃摔门走了。

第二天，就有人向萧远汇报，袁侃在下边散布说，王社长是萧远最早的情人。所以才提拔他当主任……

20 天后，就在萧远和小兰准备启程去加拿大旅行结婚的前夕，袁侃被组织部门勒令他在三个月内自己找单位调离报社，否则下岗。

在萧远准备登机之前，收到了袁侃发来的一条信息，上写，“我们是朋友吗？袁侃。”萧远立刻给他回了一个短信，说，“我正在登上飞往加拿大的班机。在开始旅行结婚之前，我斩钉截铁地告诉你，我们永远是朋友！对了，袁侃，你喜欢纸风车吗？”

小兰紧张地说，萧远，上了飞机你一定搂着我，我头有点晕……

萧远说，没问题。你放松一点就行了。太嫩。

偷渡者

这趟飞往赫尔辛基的飞机是下午1点起飞。

老邹叹口气说，唉，这可不是一个最佳的起飞时间哪。

我听了不禁一惊，难道老邹有什么巫术方面的掐算？尽管数字这个东西看起来清清楚楚的，但是，它在人类的心理世界始终具有某种神秘的品质。要知道，毕竟我们生活在一个未知的世界里啊。

我问，这个时间起飞不好么？在飞机起飞的钟点上也有什么说道么？

老邹跟我说这种话的时候，我们这个小小的旅行团队正聚集在首都机场的国际候机厅等着上飞机呢。乘客在上飞机之前永远处在一个敏感的时段。有人在上飞机之前说这样的话，难免不让人心惊肉跳。我个人感受可能更严重一点。因为在我通过安检的时候，按照海关检查人员的要求，从衣口袋里往外掏钥匙串儿、手机、硬币、打火机、香烟，包括挂在脖子上的那个银质的护身符，全都扔到那个绿色的塑料小筐里了，弄得手忙脚乱的。我以为掏完这些就没事了，那个海关检查人员板着脸说，请把鞋脱了！我把鞋又脱掉了，穿着袜子站在大理石地板上，我没有站在那块红色的地毯上。我是特意这么做的，我有我的自尊，我是出国旅游，不是偷渡国境。我完全没必要不走样地按照她的意志做。另外，过去安检是不脱鞋的，脱鞋的“规定”是美国发生9·11事件之后的新款规定。麻烦透了。那个安检员是个女的，板着一张男性式的脸，按照这张脸的意志去做这件事心里特不舒服。兜里的东西掏光了，鞋也脱了，以为没事了。

这是什么？

罐装啤酒。国外太贵，带4个。嘻。

她从中挑出一个说，打开，喝一口。

于是，我噗的一声拉开，全是沫，我快速地仰脖喝了一口。

她不理我了，说，下一个。

结果，出了安检门之后，我刚一低头系鞋带儿，鼻子上的眼镜叭的一声掉在大理石地板上，当即就摔碎了一个镜片。这次出国我只戴了一副近视眼镜，没有备用的，也没想到应当准备一副备用的。怎么办？人已经进了关了，再出去配眼镜么？一是，且不说附近有没有配眼镜的，二是，进关容易，可出关就麻烦了，而且是不可能的。于是，我只好戴上这个只有一个镜片的眼镜往里走。虽说外人不大容易看出“破绽”来，但是由于一只镜框是空的，自己的眼睛往外看时就非常的别扭，走路的时候脚发飘，多少有点走偏，心里很不舒服，觉得还未上飞机呢，先摔碎一只镜片，这不是什么好兆头。所以，老邹一说“这不是一个最佳的起飞时间”，我就本能地紧张起来。其实，不管航空公司怎么宣传坐飞机安全、安全、安全，但是，只要一坐上飞机，无论是谁，心里总是觉得不托底。而且不能琢磨这事儿，越琢磨心里越不托底。

我们这个去欧洲旅行的团队，是分别从不同的城市集中到首都国际机场来的。按照旅行社事先与我们的约定，这些人到了首都机场之后，会有一个姓李的人将我们的护照、机票等相关的证件和票据发给我们。有了这些东西我们就可以进海关上飞机了。然后，当飞机到了芬兰赫尔辛基的曼塔国际机场后，下了飞机，出了海关，会有一个姓王的人——即这个团队的导游员等在出口处的大厅那儿，他负责召集我们，并安排我们在欧洲所有的行程与食宿。可这个人一直到我们上飞机也没见着，即不知道他长什么样儿，也不知道他躲在飞机的什么位置里。或许是他的工作还没有正式开始，所以没必要和我们打招呼。“他长什么样，他长什么样?”是有人这么问过的。旅行社的人说，胖胖的，一脑瓜子肉。大家听了都开心地笑了起来，毕竟出国是件愉快的事嘛。旅行社的人说，你们出了关之后，他会在手里举着一个牌子等大家。放心吧，绝不会一下飞机就没人管了。旅行社还特地嘱咐我们，你们要彼此装作不认识，分别进入安检，不要都挤在一块儿。经过机场的海关时，海关人员问你到芬兰干什么去呀?你就说，探亲或者去看朋友。千万不要说旅游，否则有可能不让你过关。

旅行社方面虽然没有明确说，这样彼此假装不认识是为什么，但是，我们已经明显地感觉到，我们国家同芬兰以及相关的一些欧洲国家似乎还没有正式签署旅游方面的协定。总之，这样鬼鬼祟祟地行动，这样欺骗着过关，一切都搞得那样神秘，有点像间谍活动，多少让人有一点冒险的感觉，同时也觉得有点悬，有点像开玩笑，有点匪夷所思。为什么正大光明的事情不正大光明地去办呢?就这个问题，旅行社方面极有耐心地解释说，主要是拿芬兰驻中国大使馆的签证麻烦，一般的，都要等到飞机起飞前的一两天护照才能签下来。

芬兰驻中国使馆的签证官员嫌麻烦，可我们这个小团队的中国人做事却喜欢凡事赶早不赶晚，如果都到了临界点了，飞机都快起飞了才把事情办下来，特别是出国这样的事，中国人肯定不习惯，肯定愤怒，肯定有很多怨言。但是，毫无办法，只能按照旅行社说的去做。

现在，整个旅行团队的人都已经顺利地过关了，没有谁说走了嘴，没有谁被海关扣下。心中的愤怒与怨言也就烟消云散了。都说中国人是一个有记性的、喜欢追忆过去的民族。那要看在什么事情上。在中国人当中得鱼忘筌的事也时有发生。

这个老邹，是我过了关之后才认识的。当时，我们并不是坐在一块儿等待登机，我坐在另外的一边，中间隔着几排湖蓝色的塑料椅子。我尽可能地与其他成员拉开一定的距离，万一出现什么问题我不至于被卷进去。要知道，作为一个普通的平头百姓出一趟国有多不容易呀。这次出国我是以深入生活、开阔视野为由，上司才批准我出国旅行的。我知道我们作协的头儿不大喜欢我，这已经很宽宏大量了。

虽说过了海关，过了安检，我还是多多少少有一点点紧张。记得有一次从俄国回来，在哈巴罗夫斯克空港，也是过了海关，过了安检了，一个同行的人以为万事大吉了，将偷带的狐狸皮掏出来给大家看，显摆，很快，出现了两个保安人员，将他带到另一个房间，将他身上偷带的所有禁品全部没收。所以，“兴奋”有时候是要付出代价的。还是稳当点好。机场就是一条看不见的战线。特别是一个普通人栽在兴奋上就太滑稽了，等于是给机场的工作人员提供了一个茶余饭后的笑料。

当时，老邹没给我留下什么特别的印象，唯一有一点特别的，是他戴着一副浅茶色的太阳镜。眼下虽然说是五月份，北京的腊梅和玉兰花也都全开了，但仍然不是一个戴墨镜的季节。

我发现，老邹不断地站起来去对面的大厅窗玻璃那儿，往外看飞机的起起落落，或者去电视前看滚动播出的飞机起落时间表。他总是在动。一有广播，他立刻侧耳静听，表情很严肃。他似乎有点紧张。坐在座位上的时候，他不断地打量着从大厅走过的每一个旅客。

老邹的年龄也就在四十岁左右，手里只有一个不大显眼的、极普通的中型旅行袋。倘若不知道我们这个旅行团队的内情，他肯定是一个值得怀疑的人，连我都觉得他在什么地方有点可疑。不过，机场里的每一个人都有可疑之处，关键在于你肯不肯去怀疑他们，只要肯，可疑之处就出来了。

坐在候机大厅我散漫地想着这些——意识在流动，呆坐在那里脑子里不可能一片空白。

在前往北京之前，事先我就知道在这个小团队中也有几位同我来自一座城市的医生。他们似乎也知道我在这个团队里，我在那座城市里有一点点小名气，可以算是市民的熟人，他们认识我这张脸，再加上他们知道我在这个团队里，所以，通过安检之后，他们一进入候机厅就友好地坐在了我的身边。但这些医生错了，我立刻站了起来，绕过那几排湖蓝色的塑料座椅，坐到了老邹旁边。坦率地说，我不喜欢医生。我不想详细地解释我为什么不喜欢医生。我曾因病住过几次医院，我有点烦他们，就我的个性而言，我不可能和他们有共同语言。尽管我清楚这是一种偏见。

老邹侧过头来问我，你是不是想抽烟？

我有点惊奇，说，是啊，你怎么看出来的？

老邹说，想吸烟的人，总是在禁烟区里不断地把手插到衣兜里，掏出来，然后再插进去，再掏出来，反复这么做，而且这些动作都是下意识的，他们自己觉察不到。

老邹像自来熟似地继续说，这就像便衣警察，有点风吹草动总是下意识地摸枪一样。

我“下意识”地摇摇头，觉得两个陌生人这样开头谈话有点匪夷所思。同时，我又觉得这个人与其他人有点不同，他一下子能把一个极普通的话题讲得不普通，把品位吊高了。我心想，或许这个人喜欢心理学，喜欢那种无端制造麻烦的哲学。但是，他绝对不会是一个知识分子。知识分子见面的第一句话是“你好”。他们才不管你想不想吸烟呢。知识分子的灵魂基本上属于与世隔绝的那种。他们与陌生人说的每一句话都不会深入下去。“一见如故”从来与知识分子无缘。另外，我觉得他跟我一样，也不太像是一个有钱人。当然，能出国旅行显然也不是一个十足的穷人。

老邹用手指着大厅的另一边对我说，那边有个吸烟室。

我说，谢谢，不想吸了。到了外国不让吸烟的地方多了，还是从现在开始就忍一忍吧。

老邹笑了。他认为我讲得有道理。

老邹是个矮胖子，留着那种将两鬓剃得有些过狠的短式分头，好像这样子剃一次可以挺半年不用再剃了似的。透过他那副浅茶色的太阳镜，我发现他的眼珠子很大，而且始终是很警惕的样子。我觉得他是在用表情和我谈话，而不是用心。在和我谈话的时候，他始终在注意着过往的旅人。他似乎在担心什么，是担心出不了国吗？

老邹穿着一身休闲式西服。我发现他的手表不错，样子很特别，两副表针，分别指示着国内时间和国外时间，而且表盘上还有指南针，显然是一只防水手表，估计是名牌军表。那一瞬间，我觉得他似乎是属于那种经风雨见事面的人。只有这样的人和陌生人见面才没有心理障碍，而且态度随和、自然。

老邹跟我说，其实外国也一样，外国抽烟的人比中国还多呢，只要你不在屋子里吸烟就没问题。所以用不着忍。

他说，嗨，到了我们这种年龄，有啥爱好就爱好，想干啥就干啥，没必要再忍了，我们这大半辈子忍得已经可以了。你说是不是？

我使劲地点着头，我觉得他说的对。

他接着又说，另外，你也不必担心，一般人是看不出你的眼镜缺了一个镜片的，除非专业人员。可茫茫人海当中，能有几个人特别地注意你的眼镜是不是少了一个镜片呢？

我愉快地点点头。觉得一路上有这么一个善谈的伴儿真是妙不可言。毕竟我们将去的是一个陌生的国度。

我说，我叫老阿。

他说，我叫老邹。

然后是彼此侧过身来握手。我们就这样认识了。不过，握手的时候，我发现他的手心全是汗。难道他的身体发虚么？还是在掩饰着某种紧张？

……

当老邹说“这不是一个最佳的起飞时间”的时候，坐在我们周围的那几个人都扭过头来，个个眼睛里闪烁着询问的神色。他们知道，从北京飞往芬兰的赫尔辛基，全程一共需要飞9个小时的时间。这是一次具有双重意义的飞行，一个是旅行，另一个则附着在飞行上的生命的赌博。谁能保证这一路不出问题呢？所以，当老邹一说“这不是一个最佳的起飞时间”时，大家都投来胆怯与关注的目光。

老邹见邻座的人都在看他，便侧过身来附在我的耳旁悄悄地说“飞机一点钟起飞，中午饭的问题就没人给解决了。”

我听了忍不住哈哈大笑起来。

旁边那几个人看到我和老邹这种样子，尽管他们不知道老邹跟我说了些什么，但也全跟着傻笑起来。显然，安全了，没有令人担忧的问题了。因为，知道“谜底”的我不可能面对即将发生的灾难，面对死亡的威胁哈哈大笑起来。一句话，大家都太紧张了，应当放松，不能处处都这么敏感，不然，旅行的意义与乐趣又在哪呢？

经过漫长的 40 分钟的焦急等待之后，终于开始登机了。许多人冲到登机口那儿，一时间登机的队伍有点乱。

我刚要站起来，老邹对我说，不着急，等他们先上。于是，我又坐了下来，耐心地等待着。尽管我不是那种不成熟的人，但是我的内心还是像一个庸俗的妇女一样有点急。

直到所有的人都上完了，登机口那儿差不多空了，我们才离开座位去登机口上飞机。老邹一边往登机口走，一边回头四处看。

我问，怎么，还有别人么？

他说，不是，刚才过去的那个人我觉得有点儿面熟。

我问，是上飞机的还是下飞机的？

老邹说，感觉好像是下飞机的。

我摇摇头没说什么。

在登机口那儿，老邹顺手拿了几份当日的中文报纸。他真的很稳，似乎他经常出国旅行。我本不想拿，但看到他拿我也选了一份。出门旅行不能处处显示自己的与众不同，显示自己莫名其妙的个性，要入乡随俗，要随大流，要融入这个临时集体。这是一个旅行者的基本素质。

上了飞机之后，我们将座位调在了一起。这样聊天儿方便些。要知道，漫长的旅途能有一个合适的伴儿不仅是一种幸福，也是另一种安全。

老邹坐下来之后，虽然他手中拿着那张半展开的中文报纸，但眼睛却始终盯着舱门的入口。让人感觉他真的是在等一个什么人——是不是等他的一个秘密情人？而今，偷天换日，情人双双出国旅行是一种潮流。

在飞机起飞之前，整个机舱热闹得像菜市场一样。找座位，塞行李，相互打招呼，过道上塞满了人。看得出来，大家在飞机离港之前，离开故土之前，离开自己的国家之前，心情与判断都是混乱的、焦躁的、矛盾的、前途未卜的，个个都显得有点不知所措，显得既兴奋又恐惧、既谦恭又傲慢。这种离开故国时的恐惧随着他们的肉体、灵魂和旅行袋一起来到机舱里了。尽管如此，看得出大家都在尽可能地不去面对这种新恐惧，就当它不存在一样，不能把它翻弄出来。即使是万一出现了空难也要稀里糊涂地死才好。不能理智地面对死亡与灾难。这时节的理智是丑陋的、一文不值的。

经过好一阵子的喧闹，终于，所有的旅客们都落座了。空姐们开始来来回回地检查每一个行李箱，每一个旅客的安全带是否系好，是否会系。

我说，差不多了，快起飞了。

老邹点点头。

我发现在他的眼睛里仍存紧张。我没说什么——我想，毕竟我们都是珍惜生命的人。

这架芬兰航空公司飞机的机舱很大，简直像一个中型的电影院。座位分三纵队，两边是过道，中间一队是 4 位座，两边靠舷窗分别为 2 位座，加起来一共是 8 位座。像首轮上映美国的分账大片一样，座无虚席。看到满满一机舱的人头，我困惑起来，平时出国是很难的，他妈的，没想到天天都会有这么多人出国，他们都是怎么回事？都是什么来路？而且看上去当官员的人并不多。难道全是出国旅行的吗？

我和老邹坐在中间纵队的位置上，旁边是两位女士，她们也是我们一个团队的。我们这个团队的人差不多都坐在一起。只是目前彼此还不熟悉，旅行才刚刚开始，一共十五天呢。

我对老邹说，怎么不说话了？

老邹说，我想起前年的一件事，我坐飞机去新疆，上了飞机我和一个中年农民坐在一块。我是 B 座，他是 A 座。当时，飞机还没起飞。我看到他手里拿着一个小黑包。

说着，老邹把自己手里的那个小黑包给我看，说，跟我这个包是一样的。

我说，炸药？

老邹说，不不不。不是。炸药是通不过安检的。里面是钱，一共 20 万块。

这么多钱！

老邹说，飞机马上就要起飞了，空姐把机舱门关上了，飞机已经滑行到跑道上了。结果停了下来。上来几个人。这个农民立刻将这个小黑包塞到我手中，悄悄地对我说，这里的钱一半给你，另一半按包里的地址寄给我家。钱是干净的。谢谢你。

你怎么知道是钱。我问。

老邹说，我拉开包的拉锁看了一下。是钱。

赃款？

凭感觉，钱应当是干净的。

我问，这么说，那个农民被上来的那几个人带走了？

对。带走了，包括他放在行李架上的旅行袋也提走了。

我问，包里的钱你给那个农民家里寄了吗？

按照他说的，寄了一半。

说完之后，老邹轻轻地叹了一口气，便不再言语了。

我说，有点传奇呀。这么说，你还发了点意外之财呀。

老邹怅然若失地说，是啊……

……

这时，空姐将机舱门关上了。飞机开始慢慢滑行，到了跑道的起点之后，飞机停在了原位上，等待着飞行命令。

这对某些人来讲可能是一个紧张的时刻。

老邹坐在座位上一言不发，眼睛始终盯着机舱门那儿，好像在等待着昔日农民的那一幕重新上演。我下意识地看了一眼他放在我们两个座位之间的那个小黑包。我在想，这里面不会有 20 万块罢？想到这儿，我自己也忍不住笑了。是啊，不成熟的人才会幻想。我身边的这个老邹绝不会是那个农民，而我也不会得到 10 万块。飞机还没起飞呢，一切就充满了戏剧色彩。

飞机开始缓缓地滑行。老邹立刻把脖子扭向舷窗，并向窗外眺望着。飞机进入主跑道后，稍等了一会儿，然后很快开始起动，而且速度愈来愈快，飞机即将飞离地面的冲力震耳欲聋。几秒钟之后，机头终于抬起来了，机舱内所有的旅客的身子开始向后仰。随后，飞机完全脱离了地面，向蓝天冲去。老邹从舷窗那儿向下俯瞰了一下地面上的景物，机场、房子、农田、街道、山脉，然后收回了目光，仰坐在座位上长长地舒了一口气，并摘下太阳镜，掏出手帕轻轻地擦拭着额头上的细汗。

接着，他把那个放在我们之间的小黑包拿了起来，见我在注意他的这个动作，便当着我的面拉开了包的拉锁，给我看。

我看到里面有一沓美元和几张信用卡。

老邹说，这是我的全部家当。

我笑着说，我以为我能得到其中的一半呢。

老邹友善地点点头说，人生就是一个大舞台，什么事情都可能发生啊。

……

挨着我们座的那两个女士都还年轻，一位个子很高，身材很好，打扮也很摩登，感觉像一个模特。另一位个子矮一点，有点胖，长得也可以，特别是保养得很好。她们两个一上飞机就扎头在一起聊个不停，就是在飞机起飞的那一刻她们也没有停下来。有时候，我侧过头去看她们一眼，但在与高个子女士对视的眼神里，我看出来她并不想认识我们。她在恐惧，她们是在用不停地说话这种方式在消解恐惧。所以她们对任何一个陌生人都很警惕。

此时，老邹已经将皮鞋脱了，将两个穿着雪白袜子的脚蹬在前座的横垫上，一副很舒服的样子。看来他完全放松了。他见我在看他脚上的白袜子，便说，新换的，这种棉线袜子抗穿、吸汗，非常适合旅行。我看你穿的是丝袜子，牌子不错，但不如线袜子好。

我说，你挺有观察力。

他听了一愣，但立刻释然地笑了。

那一刻我真想问他是做什么工作的，但是，我忍住了。原则上说，我并不是一个好奇的人。另外，陌生人与陌生人之间的深度询问也是不礼貌的、冒昧的。所以不问，何况，他也没问我是做什么工作的。他仅仅是比别人更早地发现了我戴的眼镜少了一个镜片而已。

听说，有的人在一起热火朝天地聊了一个星期，也不打听对方是干什么的。这显然是一些经风雨见世面的练达人士。我应当向他们学习。

老邹似乎看出了我的这种好奇心。

老邹朝着那两个女士的方向呶了呶嘴，小声地对我说，我刚才注意到你在看那两位女士。告诉你，其实她们俩并不认识，至少在进机场之前是不认识的。你看，她们现在聊得多好，好像老相识一样。这就是人生啊。

我说，不认识？一见如故？为什么？

他说，很简单，两个字，脆弱。刚出国，心里都会有一种不安全感。聊天儿是解除这种紧张的最好办法之一。随便聊什么都行，就是不能沉默。一沉默就会感到特别的孤单，特别的紧张。

我点点头，认为他说的有道理。而且我也是这么认为的。

然后，他又指着过道那边的一对年轻夫妇说，你看那两位。

我说，什么？

他说，他们也是咱们一个旅游团的。

噢。

他问我，你认为他们是两夫妻么？

我说，是夫妻吧。不仅他们是，我看他们前排座的那一对老夫妻，有可能还是这一对年轻人的父母呢。在机场的时候，我亲眼看见他们四个人一块儿过的关，他们在我的前面互相招呼着。而且在候机厅候机的时候他们也一直坐在一块儿，吃零食不分你我。不过，这几个看上去个个都派头不小，牛皮哄哄的。好像是一家人出来旅行吧？肯定很有钱哪。你说呢？

老邹笑着说，那两个年轻人并不是夫妻。那小子是那个年轻女人的老板。不错，小老板儿正春风得意哪。不过可以肯定，并不是他有本事，他没什么本事，这一眼就可以看出来，他眼珠里冒着的全是傻气和牛皮，再就没什么别的内容了。

我不禁笑了起来。看来老邹这家伙一直在悄悄地观察周围的这些人哪。

老邹又补充说，是小老板儿的父母有本事。

我说，大官？

他说，有可能。不过，我还要提醒你一句，正是这种看上去眼睛里没有任何内容又傻兮兮的人，其实是最具欺骗性的。一个人一旦被这样的人骗了，那就得吃大亏了。有的甚至终身都翻不过身来……

说着，老邹长长叹了一口气，好像他曾经受过这样人的骗、吃过这种人的亏似的，完全是一副经验之谈的样子。

老邹问，你对付这种人有什么办法么？

我说，坦率地说，我不喜欢这种人，也不接触他们。

老邹说，好。你比我聪明。

我岔开话题问，那么，按照你的看法，那个年轻的女孩子是这个小老板的情人喽？或者是小姘？

他说，可以肯定是情人，而且是一个挺厉害的情人。

我问，何以见得呢？

你看，你注意看一下，这个女孩子的眼睛是吊眼梢，眼睛里有凶光。

我一看，果然。没想到老邹观察得这么细。他都什么时候观察的呢？

我问，既然已经是小蜜了，那么他们为什么不结婚呢？

问完这些话我心里还想，飞机在天上往外国飞，陆地上的人们谁会想到在万米的高空上有这样小市民式的谈话呢?

老邹反问道，为什么一定要结婚呢?你要明白一点，那就是他们双方都不愿意结婚。他们还没达到彼此完全信赖的地步。他们两个人相处，而且像夫妻一样地相处，并不是为了对方，而是完全出于个人的目的。这跟传统的爱情不一样。

我问，那么，伙计，他们前面的那一对老夫妻不会也是假夫妻吧?

老邹说，怎么不会，他们很可能也是假夫妻，黄昏恋哪，旧情人哪，抗战时的战友啊，都完全可能的。不过，我只是说“可能”。如果他们真的不是夫妻，那就说明这一对老家伙做得也够老练的了，一般人是看不出什么破绽来的，够特工水平了。

我觉得跟老邹聊天挺有意思，虽然有点像纸上谈兵，像军事演习，可两个人坐在飞机上将一个完全虚拟的话题讲得如此认真，如此深入，并用这种方法打发顽固不化的时光，真是妙不可言。男人之间的聊天就是这种方式，既有意趣，身心也可以得到充分休息，还可以消除紧张情绪。

我皱起了眉头认真地问，那么，他们四个人是怎么组合在一起的呢?在我看来他们组合得很好啊，真的像一家人一样。怎么，他们之间有什么利益关系么?

说完之后，我又马上补充说，我完全被他们四个人搞糊涂了。难道他们四个人的这种新式的组合是当代社会生活的一个热点么?

老邹说，很显然，他们是从同一个城市来的，而且还是一块坐飞机来到了北京，并下榻在同一个宾馆。除此之外，我还可以肯定地说，他们四个人比我们这些人先拿到了护照和机票。

我不觉一愣，问，你根据什么这样讲?

老邹说，旅行社的人在机场候机大厅分机票和护照的时候，没有他们四个人的。

我说，你看得这么细?

他说，由此可以肯定，他们已经事先拿到了机票和护照。在北京住了一天之后，乘坐一辆出租车到首都机场。在机场门口，我看到他们四个人一块儿从一辆出租车上下来的，他们的手里都拿着护照和机票，然后，又一块儿走进了候机大厅。

我说，伙计，你观察得也太细啦。

老邹继续说，这期间，他们之间该有什么样的约定早就定好了。比如，假扮成一家人哪等等，这样，相互之间不仅有一种照应，而且彼此也是一个掩护。当然，这种“掩护”只能意会不可言传。但是，能达到如此默契，其中重要的一点，就是他们都很有钱。这是合作的基础。钱不同，道不谋啊。

我说，照你这么说，这两个老家伙家里都各自有妻子或者丈夫啦？你的根据呢？

老邹说，根据很简单。我看到一个细节。那个老头转过身来跟后排座的那个年青的小老板说话的时候，那个老太太还替他正了正领带。他立刻甜蜜地说，谢谢。然后，继续跟那个小老板说话。

我说，这有问题么？

老邹说，有问题。如果是真夫妻。妻子当着外人的面给自己正领带的时候，他什么也不会说，会继续跟另外的人说话，表情也很严肃。丈夫心里甜不甜蜜呢？甜蜜，但那是内心的甜蜜。表情上很平常，完全是一副不受干扰的样子。所以，我怀疑他们也不是真夫妻。

我说，这下出了国，两个老家伙可就自由喽，鸳梦重温哪。

他说，这种自由或者正是他们多年的一个梦想。我不知道你怎么看，我认为，一个人只要还有一口气，只要不死，不管他多大岁数，不管他身处怎样的环境，梦想是不会根除的。梦想这东西简直就像鸦片一样，让人上瘾，同时也引导人，包括老头老太太们铤而走险。

我注意到，老邹在说这些话的时候，完全是一付自说自话，不胜感慨的样子。似乎在他心中早就有了一个不现实的梦想，并且正在为这个梦想铤而走险。

空中小姐开始送饮料了。芬兰航空公司的空姐差不多就是空嫂，看上去岁数都不小了，都有三四十岁，这种年龄的女人让人有一种温暖感、港湾感，脆弱的男人们甚至想跟她们交往，想跟她们当中的一位推心置腹。

飞机上不仅供应各种饮料和中式热茶，而且也供应啤酒和色酒，甚至还有伏特加白酒。只是除了啤酒之外，那两种酒都是那种二两装的小瓶酒。不过，这对于喜欢喝酒的人来说已经是一个福音了。我们前座的那两位是一对老夫妻，而且肯定是一对真正的夫妻，我们不能病态地把所有结伴出国的男女都看成假夫妻。这两个老人都长得是无束无约、没有节制的样子，身上的穿着也很随便，就是坐在芬兰的飞机上依旧是在农贸市场里的那种派头。那个老太婆将发到手的一瓶色酒迅速地藏了起来，又伸手向那个洋空姐要。空姐又给了她一瓶，但把瓶盖拧了下来。

老太婆说，瓶盖，把瓶盖给我。

那个空姐冲着她摇摇头，微笑着把饮料车推走了。

我问老邹，他们俩肯定是夫妇吧？

老邹说，对。而且是那种从小的夫妻，不是半路凑到一起的。

我说，你这么肯定？

他说，完全肯定。

我笑着说，你可真厉害。

他说，小技巧，不算什么。

我说，我有个发现，我觉得你很喜欢研究人。你这是职业习惯还是天生的？

他说，怎么说呢，不由自主吧。这就像扒手，今天他本不想掏兜，他想轻松一天完全忘掉自己的职业，忘掉自己的“工作”，但是，他还是下意识地把手伸向了另一个人的口袋里。

我不觉开心地笑了起来。

老邹说，你笑什么？我讲的可笑么？

我说，不不，你这么一讲让我想到了《艾子后语》中的一个笑话，说是有一个厨师，他每次出去给别人做饭都要割一块肉藏在怀里，有一次他在家里切肉，也割下一块藏在怀里，他妻子发现了，大喝一声：“这是咱们家！”他才如梦初醒。所以我认为你刚才讲得很有道理。

老邹说，我就是那个厨师。见了陌生人就不由自主地分析一下。我也搞不清楚这是为什么，胆怯？天生的？对人的不信任感？一种生活态度？一种乐趣儿？怪癖？都是又都不是。

我说，我觉得你要是个警察的话，一定是个好警察。

老邹问，你这样认为吗？

我说，是啊。

老邹点点头，说句玩笑话，你也很有眼力呀。

我说，我不过是随便那么一说。

老邹说，我知道，我知道，开玩笑嘛。

……

当饮料车推到我们面前的时候，我和老邹都要了一份矿泉水。

我说，你不来瓶酒么？

他说，我从不在工作时间喝酒。

你这是在工作吗？

老邹说，哦，我说错了，我从不在飞机上喝酒。如果你想喝，自便吧。

我说，哈哈，我这个人不喜欢喝酒，所以我接触的人就比较少，对人的认识也差，单薄。男人的一生，在酒桌上认识的人至少占他所有认识的人的三分之一。这也是一种资本。因此，对酒不能一味地排斥。比如老百姓常说的，“酒壶一端政策放宽”，如果这个政策是个不好的土政策，酒能使它放宽了，不也挺好吗。只可惜我不会喝。我要是天天都离不开酒那该有多好啊。天顶天儿地和酒友们一起喝酒，聊天，得增加多少体会，增加多少人生的乐趣儿呀。我觉得从你的个性上看，你应该能点喝酒。

他说，我是能喝一点，但是分场合。

我说，看得出来，你是一个有章法、有自制力的人。要不我怎么说，你要是个警察，一定就是个好警察呢。

他说，也不是。有时候我也很情绪化。

……

芬兰航空公司提供的矿泉水有两种，一种是小瓶装的，跟国内的一样，另一种像一只小碗，掀开上面的透明塑料封皮，就可以当茶碗一样地喝了，很方便。

老邹说，你看，外国人研究什么都研究得很透。他们就知道有些人不喜欢嘴对嘴地喝矿泉水，认为那种样子很粗俗。所了发明了这种碗式的矿泉水包装。

我说，首先，这家矿泉水公司得有你这样的、喜欢分析的人才，其次，还得有有头脑的决策者，之后，才会有碗式的包装。但是，在分析人的各种习惯这个层面上，我们国家除了公安战线，其他工厂企业根本不重视这种事。好像只有广告上有一点这种意思。

老邹说，广告是浅层次的。

这时候，飞机的电视屏幕上出现了飞行方位图。从图上看，飞机已经飞越了蒙古的乌兰巴托，进入俄国的新西伯利亚地区了。

接下来，电视里开始教旅客做“座位操”，用以解除旅途上的疲劳。我看到偌大的机舱内至少有一半的人在跟着学。但我和老邹都没动。

老邹说，凡是跟着做这种操的人都是没有耐心的人。记得邱少云吗？

当然记得。

老邹说，邱少云为了完成潜伏任务，敌人的燃烧弹把自己都烧着了，他也一动不动。

我说，这不能算是耐心，只能说是他有毅力。

老邹说，有毅力的人首先要有耐心。

我说，对了，你分析分析我，你认为我有耐心吗？

老邹直率地说，你没有耐心。你是一个马马虎虎比较粗心的人。单片的眼镜就说明了这一点。按照常理，出这么远的远门应当另备一副眼镜，以防万一。

我说，说的好。你简直把我的一生都概括了。我就是一个稀里糊涂的人。

老邹说，但是，另一方面你又是一个很细致的人。

我是一个细致的人么？

你是。

我说，可能吧。一个人不可能完全粗，也不可能完全细，智者千虑必有一失，愚者千愚必有一得嘛。

老邹有些感慨地说，你说得很精辟。

坐在飞机上，我们就这么一边闲聊一边喝矿泉水。其他的那些人还在做着那种样子古怪的操。包括那两个女士，那一组伪家庭组合，以及同团的那个东北大个子，都在做。旅途上就是这样，或者几个陌生人凑在一起打扑克，或者几个扎堆儿看手相，既不会玩牌，也不喜欢看手相的，只能睡觉，或者坐在那里卖呆儿。再就是呱唧呱唧不停地吃。

老邹说，一年之前，我已经去过一次欧洲了，走的也是这条线，乘坐的也是这趟班机，按说，我们这个团也应当是原来的那个导游。

我说，我感觉到了，你不像是第一次出国。

老邹说，你说的对。

我说，你说的同一班机、同一飞行路线，这没有问题，不过，是同一个导游，我看就未必吧？

他神秘地一笑，我是凭自己的第六感。

说着往某处一瞅。我顺着他的目光朝那个地方看。只见一个秃顶的年轻人已经放倒了座椅在呼呼大睡。当我收回目光看老邹时，老邹好像根本没朝那个方向看过似的。

老邹说，这条欧洲的旅行路线挺好的，值得一去。

我说，怎么，你是一次没去够又来一次？

他说，欧洲还是挺有意思的。你知道吗，一个人在中国国内看中国，和在外国看中国，感觉是完全不一样的。

我问，怎么个不一样法呢？

他说，这种事很特别，说是没有用的，只有你亲身去体会才行。而且一个人一种体会，完全不一样。当你踏上欧洲的土地就知道了。

我说，这次旅行，有你这个先行者的经验，我可就成了受益者了。

做过了座位操之后不久，我看了看周围的旅客，发现不少人又陷入了半昏迷状态，我们邻座的那两个女士也睡着了（女士睡着了的样子真是不要看）。

老邹说，上次去欧洲，我听我们团队的那个导游说，在芬兰一下飞机，一集合，立马就少了两个人。

我说，怎么，跑了？

老邹说，是啊。显然这都是事先策划好的了，一下飞机就跑嘛。弄不好，那边还得有人接应呢。是不是？咱们到了外国毕竟人生地不熟的。你认为呢？

我感慨说，这个方法挺好的，一点危险也没有，舒舒服服地坐飞机来，飞机上有各种供应，还有电视、音乐、洗手间，累了做做“座位操”。不像偷越国境，又是岗哨，又是狼狗的，弄不好，踩上地雷，人就炸飞了。那种偷渡船也不行，牲口一样藏在船的底舱里，没到地方先闷死一半，活着的人到了地方，连护照都没有，成了非洲奴隶了。电视上播过，让人不忍卒观。这多好，手里还有一本护照。下飞机人没影了，还有人接应。他妈的，这招儿都想绝了。

我说，不过，外国真的有那么好么？这个举动是不是有点太大了。你知道，现在有不少这个明星那个明星，这个家那个腕儿的，拼死拼活出国之后，待了几年，吃了几年洋食，寂寞透了，洋人根本不尿你，你以为你是谁呀，不同的文化就是不可逾越的鸿沟，说出天来你也是外国人，还是外国人当中的少数民族呢，谁扯你呀？得，折腾几年之后又都纷纷回来了，一回来，大部分人又火了，但是他们的国籍已经不是中国的国籍了，夹生了。这都是何苦哪。像咱们这种最好，出国旅旅游，看看洋邦洋景就可以了。背井离乡，抛妻别子，还背一个背叛祖国的罪名，挺好一个和平公民，转眼成了一名罪犯了，庸俗点说，犯不上。真的，犯不上。

老邹说，不知你听说没有，沈阳有个旅游团，一下飞机，整个团的人都跑了，就剩下导游一个人了。这个更绝。

我说，这叫集体犯傻。在中国近代史上，集体犯浑的事还不少呢。

老邹说，而且这个旅游团的人都是一家工厂的，其中有厂长，有会计，有办公室主任，一共十多个人呢。

我说，噢，这样子，那这就不是单单犯傻的事了，也不是单纯认为外国好的事了。

老邹问，那你认为他们叛逃是出于什么目的？

我说，可以肯定，这些人有经济问题。我认识一个朋友就携款三百万跑了，至今也没抓着。

没抓着？

对，没抓着。

老邹感慨地说，但是，不可能一辈子也抓不着啊。看想不想抓你了，想抓就跑不了你。公安局是一个专业机构，有一整套的办法对付叛逃的人。

我说，你好像很懂行。

老邹说，这用不着懂行，这是常识，很普通的。在公安战线，只要是省厅挂牌督办的事，就跑不了你。就不要说公安部挂牌督办的事了。这种事报刊上也常发表，你不注意读这方面的消息么？

我说，我不大在意这种事。

老邹说，有些老百姓对这种事很爱好的，比如哪个地方法院开庭审理案件，他们都想方设法去听一听。

我说，对了，你刚才说那一团的人都跑了，那剩下的那个导游怎么办呢？

老邹说，导游不管这些，团里的人跑不跑与他无关，他只负责导游，别的他不管，而且他什么责任也没有。如果跑两个，他就额外地赚两个人的宿费和餐费的钱。跑十个，他赚十份钱。叛逃这种事对他来说还是一笔不小的收入呢。

我说，这有点太不负责任了。

老邹说，那么，你当导游，你能负这个责任么？

我肯定地说，绝对不能，我又没让他们跑。再说，我为什么让他们跑哇？

……

机舱内的电视屏幕再次出现了飞行图，虽然飞机已经穿越了新西伯利亚地区，到了乌拉尔山脉了，但是，离芬兰还早着呢。

这时候，座位上方的显示牌上开始提示旅客系好安全带。老邹一边系安全带，一边跟我说，老兄，还是系好安全带吧。有一次一个旅客没系安全带，飞机正遇上强大的气流，一巅，把这伙计从座位上巅了起来，头撞在舱顶上，大出血，死了。别他妈的壮志未酬身先死啊。

我笑了笑，动手系好安全带。的确，空中的一路总是充满着不确定因素的一路，一切还是小心为妙啊。

飞机遭遇的这个气流的确很强大，我在国内旅行的时候还从未遇到过，像似海船在十二级台风中的惊涛骇浪里颠簸一样。我注意看了一下，周围的人个个都很紧张，特别是我前座的那对老夫妻，更是紧张得不得了。

老太太说，老头子，不能出啥事吧？

老头子说，谁知道。上了飞机，那就得听天由命了。

老太太说，我看这飞机不是个好巅。

老头子说，是。

那一组伪家庭组合也个个僵着身子，毫无表情地坐在那儿。那个东北大个子却在像演舞台剧似的自言自语地说，上帝保佑我们吧，上帝保佑我们吧。我们旁边座位上的那两个女士也紧张得不行，四处张望着，企图从别人的脸上看出安全的答案来。最不可理喻的是同我从一个城市来的那几个医生，他们彼此在快速地说着什么，内容似乎是一旦出现了空难，咱们该怎么怎么办。真是荒唐，医生还能治疗空难事故么？

我偷眼看了一下老邹。我发现，老练的老邹居然也很紧张，脸色苍白，额头上还闪动着细汗。我没说什么，装作什么也没看见。我想，人人都是有弱点的，我们不必去把这些弱点一一地说破。说破别人的弱点不是收获而是损伤。

颠簸很快过去了。身边的老邹开始闭目养神了，看到他苍白着脸闭目养神的样子，我的脑子里突然闪了一个念头，这伙计下了飞机不会也一下子没影了吧？

经过了这次强气流颠簸，好多人的记忆之门被打开了。人们的记忆之门都是在无聊中，在特别的感受中一触即开的。

老邹说，1989 年，对，是 1989 年，我坐飞机好像是从北京往山西飞。开始都很正常，像咱们这架飞机一样，该送饮料送饮料，该送报纸送报纸，完全没有什么事情，但是，飞机飞到中途出故障了，可飞机上的旅客并不知道啊，也没感到飞机有什么异常，只是觉得飞行得不太平稳，不过，这是飞行中常遇到的事儿。不大一会儿，空姐出来发给每位乘客一张小纸条，说，各位旅客，飞机出了点故障，机组人员正在积极地修理中，请大家不要紧张。为了以防万一，请各位旅客在纸条上写上你留给家人和工作单位的话，要挑最重要的写。

我说，遗言？

老邹说，对，就是遗言。当时我看到那个空姐的脸儿也蜡白，一点表情也没有。大家拿到纸条，懵了，怎么写啊，不会了，我旁边有几个女旅客被突如其来的这种事吓哭了，但又不能不写，拿笔的手都哆嗦着……

前排座的那对老夫妻听到我们讲这种事，也转过头来听，那个老太太问，你写了么？写的啥？吓死人了。

老邹笑了笑，没写。

老太太听老邹这样回答似乎吃惊不小，为啥？家里存折啥的，密码啥的，你没写吗？得写，不然谁也不知道，那就全让银行昧下了。真的。这种事挺多的，不少老爷们儿私藏点钱，家里的老娘们儿、孩子不知道，结果人一死，钱也跟着没了，银行可乐坏了。

老头子斥责着老太太说，行了，别啰唆了。同志，你接着说，你为啥不写呀，你是不是懂飞行啊？觉得没事呀？

老邹说，我就是感觉不会出事才没写。但是，我旁边的一个犯人写的纸条，我还记得。

前排的老头子问，咋，还有个犯人？犯人还坐飞机？着急枪毙咋的？

老邹说，那个犯人有四十多岁，由一个便衣领着。他写的纸条我看了，就一句话，小美，我在天堂永远爱着你。犯人的名字我就不说了，总之，我当时看了很受触动啊。

我发现，老邹在讲述他这个特殊经历的时候，神态有一点激动，似乎还有一点凄凉。是为那个犯人呢？还是“身临其境”，触景生情？

前排的那个老头子说，我们单位的一个同事出差坐飞机，飞机快到目的地了，绝不绝，飞机的起落架放不下来了，你说，现在总是说高科技、高科技的，技个啥呀，纯扯淡。这架飞机在机场上空转了好几圈儿，一遍一遍，飞机上的旅客全都知道，飞机飞的不高，地面上的景物看得真真的，最后还挺好，起落架放下来了，说是手动放的，起落架被什么东西卡住了，那也吓够呛。

边座那边的那对年轻“夫妻”也凑过来听。那个男的说，对对对，坐飞机这种事特别多，有一次我就是，到机场售票口买票，一说名字，卖票的那位先生认识我，确认是我之后，我们就聊了起来，聊得挺好，反正也没人买票，我就站在窗口那儿和他聊。我本来要买的是当天几点几点的票，两人一聊，过点了，这趟飞机赶不上了，没办法，只好改乘下一趟班机……

那个年轻女的接着说，结果，你没赶上的那趟飞机出事了。

男的说，聪明。

那个老太太说，啥也别说了，就是命大。人要是命大，阎王爷也没招儿。

那个东北大个子说，我还遇到过这事呢。有一回我坐飞机去广东，在安检那儿，把我拦住了，安检人员从我口袋上衣兜里掏出了两枚子弹……

老邹立刻抬头警觉地看着这位大个子。

大个子继续说，你听我说呀，这两枚子弹是我跟一个朋友去部队打靶，玩，弄了两粒子弹，揣在口袋里做纪念的，结果急急忙忙上飞机，就把这事忘脑后了，咋跟安检人员解释也不行，发誓也不行，子弹没收不就行了吗？不行，就是不准我登机。

老太太问，那——最后呢？

大个子说，最后也没让我上，结果第二天，我去部队开来证明，在部队丢老人了，也给朋友整懵了，可又没别的招，拿了部队的证明，第二天晚上才走。

前排的老头子说，安检人员以为你是坏人呗。你带子弹，另外，你的同伙分别带着枪的其他零件，几个人上了飞机，到洗手间一组装，子弹一上膛，就可以劫机了。

我开心地说，想不到您老人家这么有想象力。

那个老太太说，我家这个老头子喜欢看侦破小说。

我说，怪不得。

大个子灿烂地笑着说，这不扯么，我哪有那本事哪。

老邹也笑了起来。

那个年轻的女人讲，有一回我坐飞机，飞机还没起飞呢，我邻座的一个中年男士，看样子也是一个白领吧，他一坐下就从自己的提包里取出一个安全气囊，用嘴吹了起来，吹鼓了以后，套在脖子上，闭着眼睛在那里不动了。我就跟他说，老大，你别吓唬我行不行？我胆子可小哇……

大家都开心地笑了起来。

坐在我前边座位的一个矮个子的胖女士不满地说，行了行了，坐飞机聊点啥不好，讲这些干啥，弄得挺紧张的。

于是，大家都回过头去，坐在自己的座位上，不再讲话了。

我和老邹相视一笑。不过，那个胖女士说的对，坐飞机是不宜讲这些事的。

飞机上开始供应晚餐了。中国和芬兰有六个小时的时差，也许对芬兰来说是午餐，谁知道呢。闲饥难忍，又百无聊赖，吃罢。

芬兰航空公司提供的正餐，是那种自以为是的中餐，吃到嘴里有一种莫名其妙的感觉。

老邹问我，怎么样，吃得惯么？

我说，吃不惯。天生一个中国人，怎么能吃得惯这种西不西、中不中的玩意儿呢。

老邹感慨万千地说，还是我们山西的刀削面好吃啊。

我问，你是山西人？

对。

我说，我虽然是东北人，但我也喜欢吃山西刀削面，有咬头。

老邹叹了一口气说，不知道那些逃到国外的人吃得惯洋餐么？

我说，吃长了估计也就适应了。

老邹说，也许吧。

从飞行图上看，飞机已经飞越了俄国的乌拉尔山脉了。

吃过饭之后，老邹便“睡”了。

九个多小时的航程太漫长了。当年，印第安人就是穿过白令海峡去的美洲大陆，而这条路中的一段儿，我们是在天上走的：穿越蒙古的乌兰巴托，俄国的新西伯利亚、乌拉尔山脉、伏尔加河、圣彼得堡，然后一气不停地掠过波罗的海，再到芬兰赫尔辛基的曼塔机场。这种速度对当年迁徙的印第安人来说简直是神仙的速度，是一个神话故事。但是，对我们这些被现代化、被高科技惯坏了的、异化的人来说，国与国之间的漫长旅途就是苦差事了，觉得太漫长了。

坐在座位上没事，我就借来前排那位老头的一本袖珍本的侦探小说来看，这种吊俗人胃口的书仿佛就是专门为旅途准备的。要知道，在旅途上把一本高品质的书津津有味地看完是困难的。心情不一样。

那个高个子的东北人已经坐不住了，站在自己座位旁边的过道上长吁短叹着。

这时老邹“醒了”，见我在注意那个大个子男人，便说，你看，这个站着的大个子肯定是个个体户，而且刚刚离婚，美元就在他那个不离手的小皮包里。你看吧，到了欧洲之后，他就开始疯狂地购物了。这一点，我可以跟你打赌。

我问，何以见得呢？

老邹坐直了身子说，你看哪，他里面穿的衬衣是没烫过的。一个男人出国衬衫没烫过，为什么？肯定是家里没有女人的缘故。

老邹说这话时，我下意识地瞟了一眼他的衬衣。

老邹说，我的衬衣是新买的，你看不出来什么。而且，我敢断定，你既看不出我的职业，也看不出我是否有妻室、儿女。

我说，我会这么惨么？

老邹说，不，这正说明你是一个幸福的人，不观察这些无聊的事不正是一个人的造化么？而且，你也不大喜欢与人交往。这一点，我在首都机场的候机大厅里就看出来了。

看来我们又回到起点了。

我说，我很迂腐。

老邹说，不是不是，这是一个人的个性，一种生活态度。一般地说，像你这样的人是可以信赖的。

我甜蜜地笑着说，我真的不大关心别人是做什么工作的，因为不关我的事嘛。

老邹说，是这样。但是，你还是想有个伴儿，特别是在你一个人出国期间。

我说，四海之内皆兄弟嘛。不是有那么一句话吗？在家靠父母，出门靠朋友。

他接着说，另外，你看那个东北汉子，他的眼圈儿是黑的，这说明他长期失眠。不过，他很坚强。东北男人似乎个个都很坚强。

我开玩笑地说，山西人可能要差一点，因为山西老醋把他们的骨头拿酥了。

老邹笑着说，开玩笑，开玩笑。

我说，老邹，你根据什么说这个东北人是个个体户呢？

他说，你看他的手，手是一个人职业的证明。一个人活着，一生一世不可能不用手吧？所以，他所从事的事，干的活儿的印迹全都留在了他的手上了。手相学并不能空穴来风。对警方来说，手更是一个重要的线索与凭证。没听说过么，手是一个人与上帝的契约。

我注意地看了看那个东北人的手，很大，很粗，正有力地抓在座位靠背上，并用以支撑自己疲倦的身体。

老邹说，你看你的手，一看就知道是个知识分子。

我说，我看看你的手。

老邹却立刻把手缩了回去，说，旅途上最好不要看手相，不然，影响旅途上的心情。

老邹的这一举动有点出乎我的意料。但我没说什么。

随后，我们就沉默了。

过了一会儿，老邹打破了沉默说，你这次出国有什么采购任务么？

我说，没有，什么都没有，就是一个玩。

老邹说，好，这才是真正的旅游，带采购任务的旅游是世界上最愚蠢的旅游。

沉默了一会儿，我说，也不知道咱们的导游藏在哪里，哪一位是咱们团的导游。

老邹古怪着表情说，这个你不用急，下了飞机，出了海关之后，他自然就出现了。而且，他做的第一件事，就是收回这个团每一个人的护照。收完护照之后才招呼大家上车。芬兰旅游公司的大巴车就停在机场外面，而且车上的行李门都打开了……

我问，这么着急收护照？难道怕我们叛逃了不成。

他说，不全是。护照由他统一保管，这样免得丢失。一个人的护照丢失了，那可就麻烦大了。这不是在国内而是在国外。国外对你来说一切都是一无所知。

我说，那——假如导游把这些人的护照全部丢失了呢？

老邹说，有过这种事，不过，这种概率极少。他们是专业人员，有经验的，你尽管放心好了。如果真的丢了，一切责任他负，弄不好，旅游团的人因为这点还占便宜呢。

我说，噢，看来没什么可以不放心的。

他说，这就对了，出了门，一切都应当放心了。要知道，这心呀是最能欺骗一个人的。有的人一辈子对人对事不放心，结果被心拖累了一辈子。

我说，你说得挺有哲理的。

……

由于旅途漫长，机舱里的那些分座而设的小电视降了下来，开始播那个搞笑的《憨豆先生》。机舱内的气氛也跟着活跃起来。另外，大家经历了几个小时的共同飞行，上卫生间，要饮料，出来进去的，彼此有些熟悉了，并开始互相交谈起来。而且每一个人都表现出了一种友谊的态度，认真地倾听和回答对方提出的问题，哪怕这个问题非常幼稚可笑也不笑，用端庄的态度回答对方。毕竟大家都是陌生人。幼稚和没经验发生在空中的这个群体当中，没关系，也没有任何后果，丝毫不会影响你固有的形象与尊严。由于陌生，大家就平等了，只要平等，合作的可能性就会进一步加大。至于结束这次旅行之后，回到本单位本部门去，一切就另当别论了。现在，大家都是普通人，谁也不是谁的领导，谁也不能领导谁。大家的关系完全靠友好与合作的态度来支撑着。

空姐每隔一定的时间就会推着饮料车给旅客送饮料。前排座的老夫妇仍然将拿到的小色酒瓶藏了起来。好像这一路上，色酒、白酒、小食品，他们藏了不少。有时候，那个老太太人回过头来，像慈祥的老大嫂似地示意我们也藏些酒，意思是外国人的酒不藏白不藏。我和老邹只是微微地点点头，两个人都没有那么做。一般地说来，出门旅行时，单身汉总比夫妻俩更矜持一些。

我们旁边的那两个女士依然兴致勃勃地聊着。似乎在这一刻，气流的危险期过去了，自身的疲劳期也过去了。大家好像又清醒了许多。只是这两个女士聊天儿的声音非常小，听不清她们在聊什么。过道那边的“一家人”正前座后座地讨论着什么，好像是要开一个咖啡馆的事。很显然，他们每个人都有好多想法，好多建议，好多计算与比较。从讨论的那个热烈劲儿上看，好像他们将来真的要搞一个咖啡馆似的。那个大个子的东北人也跟旅游团的其他成员们熟悉起来，逐个地问，你带多少美元，你呢？那美元和欧元是怎么一个兑换率呢？被询问的人都矜持地说，没带多少，就是出来看看，开开眼界。那几个医生正在高门大嗓地讲一件医疗事故。他们个个都非常气愤，对那个告发他们的患者家属恨之入骨了。看得出，他们对某些制度不保护医生的利益十分反感。而他们周围的那些曾经是患者或者将来有可能成为患者的人都在静静地听着，没有一个人加入他们的讨论，也没有一个人提出反对意见。好像这几个医生是盖世太保，周围的人谁也不想惹麻烦似的。的确，医生们都霸道惯了，牛皮惯了，免不了把这种作风带到飞机上来。万一加入争论彼此冲突起来，非常不好，也没有必要。

老邹在一边则显得出奇的安静，不再逐个地点评他们了，似乎对这架飞机上所有的旅客他都了如指掌了。我注意统计了一下，在九个小时的空中飞行当中，老邹一共上过两次厕所，和全机的旅客一同吃过两次飞机上提供的那种中不中、西不西的正餐。中间还睡了几小觉。除此之外，他根本就没离开过座位。在他睡觉的时候，我感觉他并没有真正地睡，因为一有人从我旁边的过道走过时，他立刻睁开眼睛看看，然后再睡。

这架飞机上的洋人不多，而且洋人大都在头等舱。经济舱就是中国人的世界。这么多成分、身份、个性复杂的人被空运到欧洲去，真不知道是一件好事还是一件麻烦事。

当飞机飞越了波罗的海时，老邹彻底沉默起来，似乎一句话也不愿意讲了。

我说，老邹，快到了。

他只是点点头。

飞机开始下降高度了。

很快，在机舱内听到了飞机起落架啪的一声落了下来。看来，起落架是没问题了。在飞机上可以看到波罗的海和那些大大小小的岛屿了。啊，赫尔辛基，我们总算安全地到了。

飞机终于在北京时间 8 点 30 分，当地时间 14 点 30 分，抵达芬兰赫尔辛基的曼塔机场。

旅客们开始下飞机了，这时候，老邹戴上太阳镜，并对我说，你先走吧。他说这话的时候人都变了，那张脸一下子变得非常陌生，似乎他是在用这张脸提醒我，我们是陌生人。我看了看他，没说什么，自己走出机舱。每个人有每个人的个性，每个人有每个人的不解之谜。更何况，我们本来就不认识——这就是旅行。

……

在机场大厅拿到行李之后，出了海关，按照国内旅游公司事先的交代，我们这个团的人全部等在机场大厅的出口处。

那个魔术师一样的导游终于出现了。果然是那个秃顶的年轻人。看来，老邹早就发现他了，只是没说而已。秃顶的导游开始点名，点到一个人，那个人就喊“到!”，然后将自己的护照和往返机票交给他保存。当导游喊到邹春生的时候，没有人答应。导游连着喊了好几遍都没有。这时，我已经预感到了什么。看来这空中的一路我是在和一个偷渡者聊天哪。导游继续往下点名。全部点过之后，他又喊了“邹春生”几次，依旧没人答应。秃顶导游果断地对大家一挥手，说，走，出去上车。

果然，一切如老邹事先讲的那样，芬兰旅游公司的大巴车已经候在机场外面了，而且，大巴上的行李箱果然已经打开。机场外面的地上到处都是烟头。看来老邹真的是来过一次欧洲。我想，或许正是那次经历才让他有了这个偷渡的念头。我点了一支烟吸了起来，并不停地向四处张望，企望能看到老邹，哪怕挥一挥手表示一下告别也好。毕竟身在异国，大家谁也控制不了谁，也妨碍不了谁。

赫尔辛基是一座布局很简单的城市，不繁华但很宁静，连太阳的光都在沉默着。在国内我事先看地图时，发现这座城市离北极圈很近，有“白色都市”之称。“白色”的感觉倒是没有，或者我们来的季节不对。但是，这里太静了，静得让人发慌。我在想，老邹一个人在如此宁静的陌生城市怎么生活呢？第一，生养他的山西没有大海，第二，山西没有洋人，第三，这里没有陈醋和刀削面，这适合他的生活吗？而且这里也可能没有老邹的亲人和朋友，再加上他没有合法的身份，冒这么大的险，冒着那么多的背叛与决绝勾留在这里，值得么?！看上去他是一个很成熟很干练的人，那他究竟为什么要这么干呢？

那个留着棕色小胡子的大巴司机帮助团员们纷纷将自己的行李放进去。之后，旅游团的人便鱼贯似地上车。大家上了车之后，秃顶导游又重新点了一下人数。但这次并没有点“邹春生”的名字。

点过名字之后，导游说，我们现在就去宾馆，到了宾馆之后，给大家一小时的时间洗漱，然后，出门集合上车，去芬兰为纪念最伟大的音乐家西贝柳斯而建的公园参观。

说过之后，导游便示意大巴的司机可以开车了。至于这个团少一个人的事，显然他根本没当一回事。

当大巴行驶出一百米左右的时候，我猛地看见老邹躲在人行道的一个报亭那儿，正冲着我偷偷地挥着手，我也悄悄地冲他挥了挥手，然后，大巴就开过去了。那一瞬间我非常心酸，我想，老邹是个聪明人，难道，这真的就是他最好的选择吗？在国内，你可以把中国人分析得头头是道，身份、职业、个性，你都能讲出个一二三来，那么，面对不同文化背景、不同出身、不同信仰的黄头发、蓝眼珠的洋人，你能知道多少呢？就是作为一种个人爱好，你也丧失了宣泄与表达的对象啊。

当我回过头来打算再看一眼这个可怜的家伙的时候，我发现，老邹正在拼命地向大巴车跑来，一边跑，一边挥手，我立刻站了起来冲着导游喊“停车！邹春生来了。”

大巴车停了下来，一车人都回头看老邹。老邹气喘吁吁地跑了过来，上了车。当他刚刚迈上车门的时候，秃顶导游立刻向他伸出手来，冷冷地说，你的护照。老邹愣了一下，立刻掏出护照和往返机票递给了导游。

我给老邹让了座，让他坐到我的身边来。

我们相互紧紧地握了手。

老邹悄悄地趴在我耳边说，告诉你，我是个有罪的刑警，回国后，等待我的是至少五年的监牢生活啊。

我问，是那十万元的事么？

他想了想，说，事关警察的荣誉，我就是不说，你也能理解。

我没再说什么。两个男人的手就那么紧紧地握着，一直没有松开。

我在想，啥也别说了，我的傻兄弟，好好地在欧洲旅游一次吧。

阿成主要著作目录

长篇小说：

1. 咀嚼罪恶．天津：百花文艺出版社，1995.
2. 马尸的冬雨．北京：中国文学出版社，1996.
3. 忸怩．北京：中国青年出版社，1996.
4. 缔造者计划．南昌：百花洲文艺出版社，1999.
5. 绝世风姿．北京：中国文学出版社，1999.
6. 遗恨瓜洲．北京：中国文学出版社，1999.
7. 俯仰之间三级跳．北京：群众出版社，2003.
8. 生活简史．北京：昆仑出版社，2013.

中短篇小说集：

1. 年关六赋．北京：作家出版社，1991.
2. 良娼（法文版）．北京：中国文学出版社，1994.

3. 空坟（英文版）．北京：中国文学出版社，1995.

4. 欧阳江水绿．北京：中国文学出版社，1996.

5. 胡天胡地风骚．武汉：长江文艺出版社，1996.

6. 城市笔记．合肥：安徽文艺出版社，1997.

7. 胡天胡地胡骚．北京：北京出版社，1999.

8. 闲话．武汉：长江文艺出版社，2001.

9. 东北吉普赛．广州：广州出版社，2002.

10. 捉襟见肘的日子．太原：北岳文艺出版社，2002.

11. 安重根击毙伊藤博文．北京：新世界出版社，2002.

12. 哈尔滨故事．北京：昆仑出版社，2004.

13. 中国当代名家小说：阿成自选集．武汉：长江文艺出版社，2005.

14. 上帝之手．沈阳：春风文艺出版社，2007.

15. 和上帝一起流浪．重庆：重庆出版社，2008.

16. 金麻雀名家微型小说·羞涩与凶残．杭州：浙江文艺出版社，2009.

随笔集：

1. 春风自在扬花．南昌：百花洲文艺出版社，1997.

2. 哈尔滨人．杭州：浙江人民出版社，1995.

3. 哈尔滨人（台湾版）．台北：台湾稻田出版有限公司，1997.

4. 胡地风流．北京：中国青年出版社，1999.

5. 影子的呓语．北京：昆仑出版社，2001.

6. 古诗苑汉英译丛·唐诗．北京：外文出版社，2001.

7. 仰望殿堂．北京：中国建材工业出版社，2005.

8. 馋鬼日记．北京：群众出版社，2005.

9. 单眼看欧洲．北京：群众出版社，2005.

10. 风流倜傥的哈尔滨．长春：吉林人民出版社，2005.

11. 远东背影：哈尔滨老公馆．天津：百花文艺出版社，2006.

12. 行走在路上．哈尔滨：北方文艺出版社，2008.

13. 英雄中国大型系列丛书·光荣与梦想：哈尔滨．北京：中国青年出版社，2009.

14. 风流闲客．北京：地震出版社，2012.

15. 舌尖上的东北．武汉：武汉大学出版社，2013.

16. 人生四季．北京：地震出版社，2014.